www.tredition.de

AF185025

www.tredition.de

© 2020 Gerry Schierholz

Verlag und Druck: tredition GmbH, Halenreie 40-44, 22359 Hamburg

ISBN
Paperback: 978-3-347-04909-3

Gerry Schierholz

Tanz der Tulpen

Tulpen
wie aus Porzellan
und doch fleischig,
wie aus Glas
so zerbrechlich -
fangen an
zu schwingen
im Tanz
sich schlängelnd
die Blütenschnäbel
öffnend.
Im Gegenlicht wie
Farb durchflossene Seide
später transparent.
Dann,
legen sie Seidenblatt
für Seidenblatt unter sich die Pracht.

Irmgard v. Gundlach 2019

Tanz der Tulpen

Mit Schwung lenkt Karen ihren Wagen in die Parklücke, als sich plötzlich noch ein weiterer Wagen daneben quetscht. Sie kann kaum ihre Wagentür öffnen und schimpft durch den schmalen Türspalt: „So eine Rücksichtslosigkeit!" Der eingeparkte Nachbar reagiert gar nicht, und als sie mit ihrer Fahrertür leicht an sein Auto stößt, ruft er empört;

„Passen's doch auf!"

Karen schlängelt sich aus ihrem Wagen, schaut wütend rüber zum anderen Fahrer und will ihm gerade eine Antwort entgegenschleudern, da lachen beide auf einmal los.

„Roman, wo kommst du denn her?"

„Ja Karen, bist du das tatsächlich?"

Große Überraschung auf beiden Seiten und

dann breitet sich helle Wiedersehensfreude aus.

„Sag, was macht ein Münchner in Hamburg?"

„Geschäfte! Und du? Du lebst hier, nicht wahr? Unser Wiedersehen sollten wir aber feiern. Leider habe ich gleich einen wichtigen Termin. Mein Gott, ist das lange her, und was ist inzwischen alles geschehen? Wie geht es dir überhaupt? Du hast dich kaum verändert, immer noch die alte, schöne Karen."

„Nach über zwanzig Jahren ist das wohl kaum möglich", entgegnet ihm Karen; „Du alter Schmeichler!"

„Ich hab's wirklich eilig, können wir uns später oder heute Abend treffen?"

„Heute Abend geht es nicht, da haben wir Gäste. Aber nachher vielleicht. Wie lange dauert denn dein Termin?"

„Ich denke so ungefähr zwei Stunden".

„Dann können wir uns doch vielleicht dort drüben in dem Café treffen." Karen deutet auf die andere Straßenseite, wo sich ein Lokal befindet.

„O.K. bis später, ich freue mich schon drauf."

„Dito!"

Karen geht auf den Markt, erledigt ihre Einkäufe und ersteht noch einen dicken Tulpenstrauß, das ist Tradition. Zu ihrem Geburtstag gibt es immer viele Tulpen. Sie lädt alles in den Kofferraum und begibt sich zum vereinbarten Treffpunkt. Dort bestellt sie sich einen Kaffee und wartet - und sitzt - und wartet.

Nach einer Weile kommt sie zu dem Schluss, dass es doch Blödsinn sei, hier zu warten, um alte Zeiten wieder aufleben zu lassen. Wichtiger ist, ihre Geburtstagsfeier vorzubereiten. Zwanzig Gäste sind eingeladen und es gibt noch einiges zu tun.

Sie schreibt auf einen Zettel:

Hallo Roman
Schön, Dich gesehen zu haben.
Ich wünsche Dir weiterhin alles Gute.
Habe für heute Abend noch
viel vorzubereiten und darum
leider keine Zeit mehr zu warten.
Gruß Karen.

Dann klemmt sie den Zettel unter den Scheibenwischer an die Windschutzscheibe von Romans Wagen, windet sich wieder in ihr Fahrzeug und fährt nach Hause.

Heute feiert sie ihren 45. Geburtstag. Feiern kann man eigentlich nicht sagen, denn sie hat die ganze Arbeit mit den Vorbereitungen zu diesem Fest. Aber so war das immer schon, und alte Traditionen werden nicht gebrochen. Also deckt sie eine hübsche Geburtstagstafel, und in der Mitte prangt der dicke Tulpenstrauß. Dann backt sie Kuchen und dekoriert die Geburtstagstorte. Zum Schluss bereitet sie noch verschiedene Leckereien für das kalte Buffet zu. Die Arbeit geht ihr schnell von der Hand, schließlich ist sie seit über zwanzig Jahren eine versierte Hausfrau.

Nachdem sie sich frisch gemacht und umgezogen hat, kommt auch schon ihr Mann Georg aus dem Büro und was überreicht er ihr – welch eine Überraschung – auch einen dicken Tulpenstrauß.

„Wegen der Tradition!" Er küsst sie auf die Wange und drückt ihr noch ein kleines Päckchen in die Hand.

Karen tut überrascht und guckt Georg erstaunt an.

„Na, nun mach schon auf", drängelt er. Sie öffnet vorsichtig das hübsche Kästchen und ist sprachlos. Vor ihr liegt ein goldener Ring mit einem großen Lapislazuli, der rundherum von kleinen Perlen eingefasst ist. Diesen Ring hatten sie beide vor längerer Zeit bei einem Juwelier gesehen. „Dass du dich daran noch erinnert hast.

Du bist ein Schatz! Danke dir." Karen fällt Georg vor Begeisterung um den Hals.

Da klingelt es schon an der Haustür und die ersten Gäste kommen. Es wird, wie immer, ein schöner, fröhlicher und kulinarischer Abend.

Karen bewundert immer wieder den neuen Ring an ihrem Finger, und ihre Freundin Ute zwinkert ihr bedeutungsvoll zu.

„Du bist zu beneiden, solch einen Mann findet man nicht so leicht. Wie lange seid ihr jetzt schon verheiratet?" fragt sie. „Bald 23 Jahre", antwortet Karen und schaut zufrieden drein. Georg beobachtet sie von der anderen Tischseite, sie lächelt ihn an, sodass auch er lächeln muss. Schöne Übereinstimmung!

Nachdem alle Gäste gegangen sind, nimmt Georg sie in die Arme:

„Komm, lass alles stehen und liegen, du hast heute genug getan. Heute hast du Geburtstag und das wollen wir beide jetzt noch ein bisschen alleine feiern."

Karen schaut Georg vergnügt an, nimmt seine Hand und dann verschwinden beide im Schlafzimmer.

Am nächsten Morgen, als sie mit dem Aufräumen beschäftigt ist, setzt sie sich kurz in einen Sessel und denkt über den Abend nach.

Es war schön, aber auch immer wieder dasselbe. Die Feste in den vergangenen Jahren sind austauschbar. Immer wieder dasselbe! Zwar variiert sie das Essen und den Tischschmuck. Es sind aber immer die gleichen Freunde eingeladen. Auch alle ein Jahr älter geworden, bei manchen sieht man es, bei anderen noch nicht. Nur die zeitbezogenen Diskussionen sind jedes Mal anders und neu.

Sie kommt weiter ins Grübeln. Da sitzt sie nun, die brave Hausfrau, angetan mit Schürze, Gummihandschuhen und Hauslatschen, ihre Haare zurückgebunden und denkt über sich und ihr Leben nach.

‚Ich will ja nicht undankbar sein, aber der Alltagstrott hat mich voll im Griff.‘

Dann schwingt sie sich auf, geht in die Küche und erledigt den Abwasch. Räumt Geschirr und Gläser wieder in die Schränke. Putzt die Tische ab, saugt und wischt den Fußboden. Setzt die Waschmaschine in Gang. Und als alles wieder ordentlich aufgeräumt ist, setzt sie sich mit einer Tasse Kaffee in den Sessel und spinnt den Faden von vorher weiter.

‚War es das? Ist das alles? Und geht das nun so weiter - immer dasselbe? Ist das mein Leben und wird so auch meine Zukunft aussehen?'

Ihre Gedanken drehen sich im Kreis.

‚Was habe ich mit 45 noch zu erwarten? Das Beste liegt hinter mir. Ab jetzt wird es mit Sicherheit nicht einfacher, eher komplizierter. Es werden Enttäuschungen, Schwierigkeiten und dann vielleicht Krankheiten kommen. Bis irgendwann alles zu Ende ist.'

Eine hoffnungslose Traurigkeit überwältigt sie.

‚Meinen ureigentlichen biologischen Zweck habe ich ja erfüllt. Habe unsere beiden Kinder geboren, sie großgezogen, mich um Haus und Garten gekümmert und bin nicht zuletzt Georg eine gute Frau gewesen. Immer war ich für die anderen da, habe mich immer von den Familienaufgaben vereinnahmen lassen, bin ganz darin aufgegangen.'

Aber jetzt fragt sie sich:

‚Wo bleibe ich?'

Karen gibt sich den trüben Gedanken hin, ja sie liefert sich ihnen völlig aus, dreht noch weiter an der Negativ-Kurbel und fängt an zu weinen.

‚Ich hatte große Pläne, wollte meine Talente nützen, mich selbst verwirklichen. Warum ist mir das nicht gelungen?'

Ihr blieb nie genug Zeit dafür. In den vergangenen dreiundzwanzig Jahren hatte sie andere Aufgaben zu bewältigen. Nun aber ist sie die meisten dieser Aufgaben und Pflichten los, weil die Kinder aus dem Haus sind.

Gitta, die Tochter studiert Germanistik in Berlin. Und der Sohn Rudi will Architekt werden, er volontiert gerade bei einem Star-Architekten in den USA. Beide sind weit weg von zuhause und höchst selbständig. Sie wissen genau was sie wollen und brauchen ihre Hilfe und Rat nicht mehr.

,Was bleibt jetzt noch? Wo und vor allem wie kann ich mich jetzt noch verwirklichen? Hätte ich mir doch früher nur einen Zipfel Selbstständigkeit bewahrt!'

Sie seufzt.

,Was soll das alles noch? Wozu immer wieder dasselbe tun, saubermachen, es wird doch wieder dreckig, staubwischen, es wird doch wieder staubig, waschen und bügeln, es ist immer dasselbe. Ist das mein ganzer Lebensinhalt?

Jeden Tag überlegen, was soll man kochen, dann das Einkaufen, immer in den gleichen Geschäften, die gleichen Wege gehen.

Jeden Morgen überlegen, was man anziehen soll. Und - warum muss man überhaupt aufstehen? Nur noch um zu funktionieren! Ist das mein Leben? Wo sind meine Wünsche und Pläne geblieben?'

Immer das Gleiche tun ist schrecklich monoton! Langweilige Pflichten! Die reine Sisyphusarbeit.

Sie fühlt sich leer gebrannt und spürt, dass sie ihre frühere Energie verloren hat.

Den ganzen Nachmittag sitzt sie herum und hängt den trüben Gedanken nach. Ihr Leben ist nicht das, was sie sich einmal erhofft hatte. Aber eigentlich kann sie nicht meckern, und dennoch ist sie unglücklich. ‚Woran liegt das? Bin ich undankbar?'

Sie bekommt das heulende Elend und weint sich die Seele aus dem Leib.

Karen fühlt sich unerfüllt, ja unglücklich obwohl sie doch wirklich keinen Grund dazu hat. Oder doch? Erkennt sie nur die Ursache nicht? Negative Gedanken rotieren in ihrem Kopf herum und sie steigert sich in eine schlechte Laune.

Als ihre Tränen versiegt sind, schleicht sich ein Gedanke ein, der sie plötzlich reizt und von der trüben Stimmung ablenkt. Sie denkt darüber nach, was wäre, wenn sie jemand anderen geheiratet hätte? Wie wäre dann wohl ihr Leben verlaufen und wie sähe es jetzt aus? Zufriedener?

Und sie überlegt weiter:

Wenn sie nicht Georg geheiratet und nicht dieses Leben geführt hätte? Sondern ein anderes? Mit einem ihrer früheren Freunde, einem von den vielen ehemaligen Verehrern? Wie sähe dann heute ihr Leben aus? Wahrscheinlich kommt sie auf diese Idee, weil sie gestern den alten Freund Roman getroffen hat.

Auf einmal hat sie Lust, diesen eigentlich verrückten Gedanken nachzugehen und sich vorzustellen, wie es gewesen wäre, wenn…

Sie geht ihre früheren Chancen chronologisch durch:

Wie war das damals? Wie hat alles angefangen? Die ersten zarten Versuche auf dem Gebiet der Liebe waren ja noch völlig harmlos gewesen, und gerade deswegen sind die Erinnerungen schön.

Sie, Karen Mellering, war keine fünfzehn Jahre alt und ein hübsches, schlankes Mädchen mit langen, blonden Haaren. Sie ging noch zur Schule und lebte mit ihrem Bruder bei den Eltern in einem schönen Haus mit großem Garten. Ihre ganze Passion galt der Musik. Sie spielte seit ihrem neunten Lebensjahr Querflöte und träumte davon, einmal Solo-Flötistin zu werden.

In dieser Zeit lernte sie Nikolaus kennen, ihren ersten Verehrer, doch seine Schwärmerei war nur einseitig.

Nikolaus

wurde entweder Nik oder Klaus genannt, wohnte ein paar Straßen weiter. Er machte gerade sein Abitur und war nebenbei engagiert in der Jugendarbeit der evangelischen Kirche. Er hatte vor, später Theologie zu studieren. In seiner Jugendgruppe war auch Karens Bruder. So war es nicht verwunderlich, dass die beiden sich begegneten. Nicht nur beim Kirchgang am Sonntag, sondern auch im Hause der Mellerings. Klaus kam öfter vorbei, als es seine Jugendarbeit eigentlich verlangte. Mutter Mellering, eine fromme und kluge Frau, freute sich jedes Mal und lud den jungen angehenden Theologie-Studenten zum Tee ein. Sie diskutierte gerne mit ihm über verschiedene biblische Themen, wobei sie die weitaus Wissendere war.

Karen kam bei solch einer Gelegenheiten wie zufällig ins Wohnzimmer, staunte über den Gast, begrüßte ihn mit einem verführerischen Augenaufschlag, wie junge Mädchen ihre Wirkung gern mal ausprobieren:

„Hallo, Klaus!"

Er wurde rot, und der sonst so gewandte Redner brachte nur schüchtern ein leises, „Guten Tag, Karen!" hervor.

„Willst du auch eine Tasse Tee?" fragte die Mutter.

„Nein, danke, ich wollte nur wissen, wer gekommen ist."

Damit verschwand sie und ließ den verwirrten, armen Klaus zurück. Es kam noch öfter zu Begegnungen, die Karen jedes Mal für sich gewann. Sie brachte Klaus in höchste Aufregungen. Er schwärmte von ihr und verlor sich in heimlichen Träumereien. Er schrieb Briefe mit selbst verfassten Gedichten, ließ seiner Bewunderung freien Lauf, dann zerriss er alles wieder. Er grübelte, wie er seine Angebetete am besten erreichen könnte.

Er wusste, dass sie und ihr Bruder jeden Samstag Flötenunterricht bekamen. Da machte er den Vorschlag, sie einmal mit der Gitarre zu begleiten, die er sehr gut spielen konnte.

Die Flötenspielerin meinte dazu, dass es keine Noten für Flöte und Gitarre gäbe. So war sein Vorhaben über die Musik seiner Angebeteten näher zu kommen, geplatzt.

Ein Flötenkreis, gebildet aus den besten Schülern des Musiklehrers, gab jedes Jahr in den festlichen Räumen des Heimatmuseums ein Konzert. Dafür wurden Duos, Trios und Quartette einstudiert.

Karen, immer am ersten Pult, gab den Ton an. Wobei der kluge Musiklehrer seine Schüler eindringlich belehrte, dass es nicht darum ginge, wer der oder die beste sei. Das Wichtigste ist, gemeinsam ein Musikstück zum Erklingen zu bringen.

„Ihr müsst euch der Musik unterordnen und aufeinander hören. Nicht nur der schöne Ton sondern der Zusammenklang ist wichtig. Erst wenn in eurem Spiel Harmonie entsteht, spricht man von Musik."

Nichts Besseres hätte Karen passieren können als diese Erziehung ohne menschliche Autorität. Es ging nur um die Musik, sie stand im

Mittelpunkt, ihr musste man sich unterordnen.

Auf der Autofahrt zu einem dieser Konzerte, bekam Karen auf einmal schreckliches Lampenfieber.

„Hoffentlich kann ich die Bach-Sonate, ich hab große Angst davor."

Ihre Mutter gab zurück: „Dann hättest du eben mehr üben müssen, jetzt ist es zu spät sich aufzuregen!"

Das half zwar nicht, das Lampenfieber zu bekämpfen, aber die Kritik der Mutter machte Karen so wütend, dass sie sich zusammenriss und die Zähne zusammenbiss, was wiederum beim Flötespielen nicht unbedingt von Vorteil ist.

Aber nach den ersten Takten der gefürchteten Bach-Sonate fiel die Aufregung von ihr ab, sie spielte mit viel Empfindung und freute sich sehr über den Applaus.

Im Programm gab es noch eine kleine Überraschung. In einer der Vitrinen des Museums war ein Porzellan-Service ausgestellt, dessen Dekor Notenblätter mit gekreuzten Instrumenten zeigte. Der Musiklehrer hatte mit einer Lupe die klitzekleinen Noten abgeschrieben, und, oh Wunder, es handelte sich um kleine Trios. Auf der Tasse waren die Noten der ersten Stimme, auf der Untertasse die der zweiten und auf dem Kuchenteller die der dritten gemalt.

Drei der Flötistinnen hatten diese Miniatur-Trios auswendig gelernt und saßen nun rund um einen Tisch, der von einem großen Kerzenleuchter festlich beleuchtet war. Jede hatte ihre Stimme vor sich, in Form von sechs Tassen, sechs Untertassen oder sechs Tellern. Wenn ein Stückchen vorbei war, stellten die Flötistinnen ihre Tasse, bzw. Untertasse oder Teller zur Seite, um das nächste Musikstück zu spielen.

Die ganze Szene war so reizvoll, dass sie mit großem Applaus bedacht wurde, obwohl die Trios keinen besonderen musikalischen Wert hatten. Die Zeitungen brachten am nächsten

Tag ein großes Bild mit den drei Musikerinnen.

„Das reinste Biedermeier", lautete die Überschrift.

Selbstverständlich wollte auch Klaus bei dem Konzert dabei sein, die Mellerings hatten ihn im Auto mitgenommen.

Nach dem Konzert standen die Eltern noch im Foyer des Museums und nahmen die Lobesworte für Karen und die anderen Musikerinnen entgegen. Karen spöttelte, ihre Mutter sonne sich in den Komplimenten. Das vertraute sie Klaus an, der vorher mitbekommen hatte, dass sie hätte mehr üben sollen. Nun fühlte er sich angenommen. Endlich wendete Karen sich ihm zu. Auf der Rückfahrt saßen beide hinten im Wagen. Karen war trotz des Erfolgs traurig und sauer auf ihre Mutter, da legte Klaus seine Hand tröstend auf ihre. Sie schaute ihn dankbar an. Ach, wie glücklich war da Klaus.

Er verfasste keines seiner gefühlsduseligen Gedichte, sondern schrieb eines der ältesten Liebesgedichte auf schönem Papier:

Dû bist mîn, ich bin dîn:
des solt dû gewis sîn;
dû bist beslozzen in mînem herzen,
verlorn ist daz slüzzelîn:
dû muost immer drinne sîn.

von einem unbekannten Dichter

Diesen kleinen Zettel steckte er bei seinem nächsten Besuch zwischen Karens Noten, die auf einem Notenständer in der Diele lagen. Karen entdeckte die Zeilen, als sie ihre Etüden übte und war aus der Fassung.

Und es wurde für sie noch unangenehmer.

Bei ihrem Geburtstagfest, zu dem Karen alle ihre Freundinnen eingeladen hatte, ging es fröhlich und laut zu. Plötzlich hörte man von draußen Gitarrenklänge. Klaus stand auf der Terrasse und brachte ein Geburtstagsständchen, und er sang dazu:

Dat du min Leevsten büst
dat du woll weeß
Kumm bi de Nacht
kumm bi de Nacht
segg wo du heeßt

Kumm du um Middernacht
kumm du Klock een
Vader slöpt, Moder slöpt,
ick slap alleen

Karens Freundinnen stießen sich gegenseitig an und kicherten. Das Lied ging aber noch weiter.

Klopp an de Kammerdör
fat an de Klink
Vader meent, Moder meent,
dat deit de Wind

Kumm denn de Morgenstund,
kreiht de ol Hahn.
Leevster min, Leevster min,
denn mößt du gahn.

Karen freute sich nicht über das Ständchen, denn der Text war ihr höchst peinlich. Ihre Freundinnen grinsten vielsagend. Karen ärgerte sich über Klaus und ließ es ihn auch spüren.

Nun hatte Klaus noch weniger Chancen bei ihr.

Er begann nach dem Abitur sein Studium der Theologie in Göttingen. Man sah man sich von nun an seltener.

Zwei Semester später besuchte Karen ihn dort. Er hatte ihr geschrieben, dass ein Kommilitone eine sehr alte Traversflöte aus Holz zu verkaufen habe, und ob das nicht für sie von Interesse sei?

Sofort fuhr sie mit dem Zug nach Göttingen. Klaus holte sie am Bahnhof ab und brachte sie zu dem Kommilitonen. Das Wiedersehen war nüchtern und galt nur dem Kauf des Instrumentes. Karen schaute sich die Flöte genau an. Sie war aus edlem Buchsbaumholz mit schöner Maserung und Elfenbeinringen. Sie kaufte die Flöte tatsächlich, obwohl sie, da konisch gebohrt, schwer zu spielen war. Jahre später, als es Mode wurde, auf alten Instrumenten authentischen Klang hervorzubringen, konnte sie die Querflöte für viel Geld in London versteigern lassen.

Ein paar Stunden später fuhr Karen schon wieder zurück in ihre Heimatstadt. Was einmal zwischen ihnen geknistert hatte, war stumm geworden. Sie fühlte, dass Klaus sich ganz seinem Studium verschrieben hatte und sich nicht von launischen und zickigen Mädchen ablenken lassen wollte.

Aber er war der erste, der sich für sie interessiert hatte und sie überlegt weiter:

Was wäre, wenn sie Klaus doch hätte wiedergewinnen können? Wenn sie ihm mehr entgegengekommen wäre, mehr Interesse gezeigt hätte? Wäre dann Zuneigung oder sogar Liebe entflammt?

Und wenn sie tatsächlich später geheiratet hätten? Wäre sie eine gute Pastorenfrau geworden?

Sie träumte noch ein bisschen vor sich hin, spann in Gedanken viele Möglichkeiten durch und wickelte sich wie in einen Kokon ein.

Wahrscheinlich hätte Klaus als junger Pfarrer zunächst eine kleine Pfarrei auf dem Lande bekommen und die Aufgabe der Pfarrersfrau

*wäre gewesen, sich in der Gemeindearbeit ein-
zubringen. Sie hätte wahrscheinlich die Müt-
ter- und Altenkreise mit Kaffee und Kuchen
betreuen müssen. Im Kindergarten gäbe es sicher eine Fachkraft. Aber vielleicht hätte sie in
der Kirchenmusik mitwirken können. Doch
wenn es einen Organisten gegeben hätte, wäre
der von einer Einmischung nicht begeistert gewesen*

*Sicher sind die Aufgaben einer Pfarrersfrau
vielseitig und auch befriedigend, aber wäre sie
dafür geeignet gewesen? Sie muss es sich eingestehen - Nein, das wäre sie nicht.*

In dem Augenblick kommt Georg nach Hause und reißt sie aus ihren Träumen und Gedanken.

„Na, wie war's heute, was hast du gemacht?"

„Nichts!" ist ihre schlecht gelaunte Antwort.

„Aber Karen, was ist denn los mit dir?"

„Ich weiß nicht, mir geht's nicht gut."

„Hast du dich gestern übernommen?"

„Nein, nein, das ist ja Routine für mich. Ich fühle mich schon eine ganze Weile nicht gut."

„Dann geh doch mal zum Arzt. Übrigens, was gibt es zu essen?" fragt Georg.

„Könnten wir heute nicht mal zum Essen ausgehen?" ist Karens Vorschlag.

„O.K., aber dann gleich, weil ich nachher noch die Diskussions-Sendung im Fernsehen sehen möchte."

Karen steht auf und zieht sich ihren Mantel über. Das Lokal ist in der Nähe.

„Frische Luft tut dir gut, wenn du den ganzen Tag im Haus warst", meint Georg.

„Du sitzt doch auch den ganzen Tag im Büro und im Auto", antwortet Karen gereizt.

Im Lokal setzen sie sich an einen Tisch. Der Kellner begrüßt sie freundlich und fragt nach ihren Wünschen. Georg bestellt sich was aus der Karte und Karen sagt, sie habe eigentlich keinen Appetit, höchstens eine kleine Suppe könne sie runterbringen.

„Na, du machst mir ja Spaß", ärgert sich Georg.

„Wenn ich nun mal keinen Hunger habe."

„Ich glaube, du bist wirklich nicht in Ordnung, tu mir bitte den Gefallen und geh zum Arzt", rät Georg.

Dann meint er noch, ihr Stimmungstief käme wohl durch die Wechseljahre. Vielleicht sind es die fehlenden Hormone?

„Ja", antwortet Karen, „vielleicht ist es die gefürchtete Meno-Pause. Wobei von Pause ja wohl keine Rede sein kann, denn danach geht es nicht so weiter wie vorher, danach ist alles anders."

„Aber es gibt doch Medikamente, die dir helfen könnten", empfiehlt Georg.

Dann essen beide schweigsam, weil es ja auch nichts zu erzählen gibt.

Zuhause schauen sie noch etwas fern, und dann gehen sie ins Bett. Jeder ist mit sich beschäftigt und nimmt den anderen gar nicht wahr. Wie anders war das noch am vorigen Abend. Was ist nur passiert?

Am nächsten Morgen muss Georg, um zu einem Mandanten zu fliegen, früh raus. Karen zieht sich einen Bademantel über und lässt aus der Maschine eine Tasse Kaffee für ihn heraus. Georg trinkt ihn hastig, flucht, dass er zu heiß sei, und dann ist er mit kurzem Gruß aus dem Haus.

Karen schüttelt den Kopf. Warum hetzt er sich nur immer so? Warum jagt er den Mandanten hinterher? Klar, er muss seine Kanzlei am Laufen halten, aber hat er überhaupt noch Zeit für sich, für sie, für seine Hobbies?

Früher hat er sich für moderne Kunst interessiert und war auf allen Vernissagen anzutreffen. Bei solch einem Anlass hatten sie sich damals kennengelernt. Aber inzwischen hat er so viele Bilder gesammelt, dass man sie nicht mehr alle aufhängen kann. Viele davon lagern nun in Mappen und keiner schaut sie mehr an.

Dann haben sie früher oft gemeinsam Opern und Konzerte besucht, was sie besonders liebte.

Wo ist das alles geblieben?

Außerdem hat Georg sich auch äußerlich sehr verändert. Er ist nicht mehr der attraktive Mann, in den sie sich damals verliebt hatte. Das ist auch nicht möglich, schließlich hat auch sie sich in den vergangenen Jahren verändert. Aber es ist etwas anderes, was sie stört. Alles muss immer zu seinen Bedingungen funktionieren, dann ist er zufrieden und der liebenswürdigste Mensch, aber wenn ihm etwas in die Quere kommt, etwas nicht klappt, dann wird er unleidlich. Außerdem hat er sich mit den Jahren ein kleines Bäuchlein zugelegt und ist bequemer geworden. Sport ist ein Fremdwort für ihn, der ihm nur Zeit rauben würde. Und seine Angewohnheit Pfeife zu rauchen ärgert sie immer mehr.

Sonderbar, denkt Karen, ‚früher habe ich seinen Pfeifenrauch gerne geschnuppert, aber jetzt kann ich ihn nicht mehr riechen.‘ In allen Räumen im Haus mit Ausnahme des Schlafzimmers, in dem Rauchen verboten ist, nimmt man den Tabakgeruch wahr. In den Polstern, Teppichen, Gardinen und Kissen, überall hat sich der Geruch eingenistet. Und das hasst sie zunehmend.

Karen beginnt wieder zu grübeln. Geht ins Bad, trödelt dort herum, setzt sich dann mit einer Tasse Kaffee in ihren Lieblingssessel, flüchtet aus ihrer unerfreulichen Gegenwart ins Früher und erweckt ihre vergangenen Erlebnisse wieder zu neuem Leben.

Da war die Zeit der fröhlichen Tanzstunden.

Lars

Karen ging nach ihrem fünfzehnten Geburtstag in die Tanzstunde und bekam auch den obligatorischen Anstandsunterricht.

„Jetzt werden die jungen Herren und Dämchen aufeinander losgelassen!" sagte ihr Vater mit nicht geringer Besorgnis.

Karen wusste von jeder Tanzstunde lustige Begebenheiten zu erzählen. Die Tanzwilligen waren an den Wänden gegenüber platziert worden, und eine ältere Dame, die im Saal auf und ab ging, erteilte den Anstandsunterricht. Da spiegelte und tanzte, von der späten Nachmittagssonne eingefangen, ständig ein Licht durch den Raum. Die Anstandsdame rügte diesen dummen Jungenstreich und derjenige solle doch bitte damit aufhören. Was aber nicht geschah. Das erboste die Dame umso mehr, und auch die jungen Dämchen gaben ihrer Empörung Ausdruck. Auf einmal stand ein junger Tanzlehrling auf und deutete auf den großen Jet-Knopf am Kleid der Anstandsdame. Er meinte:

„Ich glaube, Sie selbst sind die Verursacherin."

Und tatsächlich, beim Hin- und Hergehen hatte der große glänzende Knopf an ihrem Kleid die wirren Spiegelungen im Saal herumflitzen lassen. Der junge Tanzschüler war ab sofort der absolute „King," und alle Dämchen wollten von da an nur noch mit ihm tanzen.

Ein anderes Mal lernten sie, wie man sich vorstellt: Aufstehen, zwei Schritte vorgehen, einen kleinen Knicks beziehungsweise eine kleine Verbeugung machen und dann den Namen deutlich sagen. Alle waren natürlich aufgeregt. Eine junge Dame so sehr, dass sie an ihrer langen Perlenkette zu heftig herumspielte. Plötzlich riss sie und alle Perlen rollten über den Tanzboden. Sofort rutschten die jungen Herren von gegenüber und auch einige Damen von der anderen Seite auf dem Fußboden herum und sammelten die Perlen wieder auf. Vorstellen musste sich nun keiner mehr, man kannte sich ja schon vom Parkett.

In dieser Tanzstunde war auch Tim, ein junger, schlaksiger Teenager aus sogenanntem gutem Hause. Er lud einige aus dem Kursus zu einem Hausball ein. In einer großen Villa in der besten Gegend der Stadt sollte der Ball stattfinden. Karen kannte sich in der Gegend

gut aus, war doch dort das schöne Heimatmu-
seum, in dem sie schon bei einigen Konzerten
mitgewirkt hatte.

Sie ging also selbstsicher auf die Treppen zum
Hauseingang zu, während die anderen Einge-
ladenen noch auf dem Weg im Vorgarten her-
umzögerten. Karen stieg als Erste die Treppen
hinauf und klingelte. Die Tür wurde von ei-
nem ihr fremden, jungen Herrn geöffnet.

„Ich bin Lars, Tims Bruder, kommen Sie her-
ein, kann ich Ihnen Ihren Mantel abnehmen?"
Karen trat ein, machte einen kleinen Knicks
vor den Eltern, die im Abendkleid und Smo-
king in der Diele standen. Sie wollten in die
Oper gehen und das Jungvolk sich selbst über-
lassen.

Als alle in einem großen Raum, der aller Möbel
entleert zum Tanzen hergerichtet worden war,
versammelt waren und etwas dumm und ver-
legen herumstanden, kam noch einmal der
Herr des Hauses. Er begrüßte die junge Schar
mit einer launigen Anrede:

„Bewundernswürdige Walzerinnen und liebe
Foxtrottel, ich wünsche allen einen fröhlich-
heiteren Tanzabend." Dann wandte er sich zu
Karen:

„Sie scheinen mir nicht ängstlich zu sein. Ihnen und meinem Ältesten übergebe ich die Verantwortung, dass alles hier gut läuft. Viel Spaß!"

Karen schaute sich um. Wo war Lars, mit dem sie die Verantwortung zu tragen hatte? Sie konnte ihn nirgends entdecken. Die ersten Schallplatten wurden aufgelegt und die Lautstärke aufs höchste aufgedreht. Dann sah sie Lars bei der Musikanlage und ging zu ihm.

„Ist das nicht zu laut?"

„Ach, hier gibt es keine Nachbarn, die wir stören könnten, und die Eltern sind bei Wagner!"

Dann forderte er sie auf und sie schwoften wie all die anderen lustig herum. Auf die gelernten Tanzschritte achtete niemand mehr. Es war eine fröhliche Gesellschaft. Als es dann Würstchen und Kartoffelsalat gab, sausten alle in die Küche. Karen half Lars beim Austeilen.

„Ihr benehmt euch wie die Gastgeber, aber ich bin der, der eingeladen hat", beklagte sich Tim.

Er hatte Recht, Karen verzog sich und tanzte mit einigen anderen aus der Tanzschule, die aber tatsächlich, weil noch unsicher, das 'Eins, Zwei, Drei' vorab zählten, und dann erst mit ihrer Tanzpartnerin loslegten. Da war Lars schon wesentlich geübter.

Nachdem Lars Karen wiedergefunden hatte, tanzte er nicht nur mit ihr, sondern sie unterhielten sich auch über Schule und Hobbies. Lars schwärmte von Satchmo (Louis Armstrong) und erzählte, dass er alle Platten von ihm habe. Er legte sogar einige seiner Schätze auf, nach denen man aber nicht im erlernten Tanzschritt tanzen konnte, sondern eher ,cheek to cheek', was auch sofort umgesetzt wurde. Irgendjemand machte den Kronleuchter im großen Raum aus, so dass nur noch das Licht von der Diele hereinschimmerte und es sehr schummrig wurde. Karen tanzte mit Lars, aber sie meinte:

„Das dürfen wir doch nicht zulassen, schließlich tragen wir die Verantwortung."

Aber Lars dachte gar nicht daran, sondern zog Karen nur noch näher an sich. Das ließ sie sich aber nicht lange gefallen und drehte den Lichtschalter wieder an, zur großen Empörung aller. „Spielverderber!" hieß es dann.

Um Mitternacht wurde Karen von ihrem Vater abgeholt, und damit war das Fest zu Ende.

Zu Ende war aber nicht die Begegnung mit Lars. Er schrieb ihr einen schönen Brief, den Karen mehrfach las und dann in ihrem BH versteckte. Sie wollte die lieben Worte nah an ihrem Herzen tragen.

Lars bekam von ihr zu Weihnachten einen Gruß mit einem Bild von Louis Armstrong. Er bedankte sich brav und schrieb, dass er das Foto über seinem Schreibtisch aufgehängt habe.

Karen hatte zu Hause in ihrem Zimmer den Schreibtisch über Eck in einen Winkel gestellt und in der Ecke einen kleinen Spiegel aufgehängt. Wenn sie nun bei ihren Schularbeiten saß, träumte sie sich manchmal weg und schaute dabei in den Spiegel, um ihre Wirkung zu prüfen. Jetzt war es Lars, dem ihre Träumereien galten.

Er war eine reine Jugendschwärmerei. Wenn sie sich öfter gesehen hätten, wer weiß, ob was daraus geworden wäre.

Wie sie später erfuhr, wurde er Redakteur einer überregionalen Wochenzeitung, während der früher so blasse, schlaksige Bruder Tim die

Firma seines Vaters zu Wachstum und welt-weitem Erfolg führte. Das konnte man damals noch nicht ahnen.

Es ist schon Abend, Karen sitzt noch immer im Sessel und ist eingeschlafen. Da hört sie den Türschlüssel. Georg kommt ins Wohnzimmer und stutzt:

„Bist du immer noch im Bademantel? Was ist los? Willst du dich nicht mal mehr anziehen?" fragt er ärgerlich. Und dann zählt er auf, was er den ganzen Tag gemacht hatte.

„Ich bin inzwischen nach Frankfurt und wieder zurückgeflogen, habe dort Termine wahrgenommen, schwierige Gespräche geführt und du, du schaffst es nicht einmal dich anzuziehen. Karen, reiß dich endlich zusammen!"

Karen duckt sich unter dem verbalen Angriff, ihr kommen die Tränen und sie schleppt sich ins Schlafzimmer.

Georg bleibt ratlos zurück. Da geht das Telefon und Karens Freundin Ute ist dran. Georg ergreift die gute Gelegenheit, mit Ute über Karens Problem zu sprechen.

Ute ist ganz entsetzt. Sie fragt:

„Ist Karen depressiv geworden?"

„Das weiß ich eben nicht, sie geht einfach nicht zum Arzt."

„Wie lange dauert das schon?" fragt Ute

„Das kam ganz plötzlich. Seit ihrem Geburtstag hat sie sich so verändert."

„Dann geh doch zu einem Psychiater, lass dich beraten, und mach dann gleich einen Termin für Karen, und am besten, du gehst dann mit, sonst kneift sie", rät Ute.

„Könntest du nicht mit ihr reden, vielleicht sagt sie dir eher, was sie bedrückt", bittet Georg.

Sie habe zwar im Moment viel zu tun, verspricht aber, weil sie ja in der Nachbarschaft wohnt, in den nächsten Tagen bei ihr vorbeizuschauen.

Tatsächlich klingelt Ute schon am nächsten Nachmittag. Karen öffnet nicht. Ute klingelt Sturm, endlich bequemt sich Karen zur Tür: „Wer ist da?"

„Ich bin's, Ute, nun mach schon auf."

Karen öffnet vorsichtig und langsam die Haustür.

„Ich bin auf Besuch gar nicht eingerichtet, kannst du nicht ein anderes Mal vorbeikommen?"

„Sag mal, spinnst du jetzt?" entgegnet Ute. „Komm, lass mich rein, oder hast du was zu verbergen? Einen Liebhaber vielleicht?" fügt sie grinsend hinzu.

Karen bleibt nichts anderes übrig, sie muss die Freundin ins Haus lassen.

Ute ist eine ihrer ältesten Freundinnen. Sie haben sich während Karens Volontariat in der Musikreaktion der Tageszeitung kennengelernt. Karen hatte dann bald geheiratet, aber Ute ist ihrem Job treu geblieben und hat als erfolgreiche Redakteurin Karriere gemacht.

Ute ist immer wie aus dem Ei gepellt, darum ist es Karen peinlich, sie in Jeans und verwaschenem übergroßen T-Shirt zu empfangen.

Ute wundert sich auch prompt über Karens Aufmachung und fragt, indem sie auf das T-Shirt deutet:

„Ist das von Georg?"

Karen schüttelt nur den Kopf und fragt: „Willst Du `nen Kaffee?"

„Tee wäre besser, wenn's dir nicht zu viel Mühe macht." Ute merkt, dass sie vielleicht zu weit gegangen ist, denn Tee zu bereiten dauert länger, und rudert zurück.

„Du, mir reicht auch ein Glas Wasser, ich hab sowieso nicht viel Zeit und wollte nur mal so vorbeischauen. Hab lange nichts von dir gehört. Wie geht's denn so?"

Karen bringt das Glas Wasser, ignoriert die Frage und fragt ihrerseits:

„Du warst doch gerade im Urlaub und hast noch gar nichts davon erzählt? Wie war es denn?"

Nun sprudelt es nur so aus Ute heraus.

„Also, das muss man erlebt haben. Diese Kultur, die vielen Tempel und die freundlichen Menschen. Und dann das Essen, einfach super! Flieg doch mit Georg auch mal nach Thailand. Das wäre doch eine schöne Abwechslung in dem täglichen Einerlei. Ich kann Euch gute Tipps geben."

„Schön, ich bespreche es mit Georg. Aber entschuldige bitte, Ute, jetzt möchte ich mich gerne etwas hinlegen. Mir geht es heute nicht so gut, kann ja mal vorkommen."

„Aber selbstverständlich, Karen, leg dich hin. Ich find schon allein hinaus. Gute Besserung! Und melde dich mal. Tschüss!"

Draußen nimmt Ute ihr Handy und wählt die Nummer von Georg. Sie berichtet ihm von dem ziemlich einseitigen Gespräch und dass Karen sie nicht an sich heranließe.

„So geht es mir jeden Abend." seufzt Georg. „Ich werde jetzt tatsächlich was unternehmen und einen Termin bei einem Facharzt vereinbaren. Danke, dass Du so schnell reagiert hast."

Am nächsten Tag ist keine Zeit für ein Gespräch über einen Arztbesuch. Georg hat zu viele Termine und ist in großer Eile.

Karen stört das weniger, im Gegenteil, sie hat wieder Zeit zum Träumen.

Michael

Karen machte in den Schulferien einen Segel-
kurs am Ammersee, um von ihrem kritischen
Bruder auf gemeinsamen Segeltörns nicht im-
mer angemeckert zu werden. Bei diesem Kur-
sus lernte sie einen Studenten kennen, der sich
Hals über Kopf in sie verliebte.

Der Student der Medizin war in den ersten Se-
mestern und tat sein Wissen kund, indem er
einem Freund das Skelett der vor ihnen herge-
henden Karen beschrieb, d.h. die lateinischen
Namen der einzelnen Knochen vortrug. Karen
drehte sich um und lachte den übereifrigen
Studiosus aus.

Später zuhause bombardierte er sie mit Briefen
und Anrufen. Er kam auch zu Besuch nach
Hamburg und machte auf ihre Eltern einen
sehr guten Eindruck.

Als Michael sein Medizin-Studium beendet
hatte, ging er auf das Schiff Cap Anamur nach
Vietnam. Dort half er bei den OPs und lernte
mehr als in jedem Krankenhaus daheim. Als er

zurückkam, hatte er sich allerdings sehr verändert, er war ein anderer Mensch geworden. Außerdem litt er unter Malaria-Attacken, mit heftigen Fieberschüben. Karen und einige ihrer Freundinnen wechselten sich als Krankenschwestern an seinem Krankenbett ab.

Als er wieder einigermaßen hergestellt war, verliebte er sich in Elisabeth, eine Kollegin aus dem Krankenhaus, an dem er arbeitete. Sie heirateten und bekamen eine Tochter, aber er verließ sie schon sehr bald und kümmerte sich wenig um sein Kind.

Karen hatte kein Verständnis für Michaels Handlungsweise. Darum strich sie ihn aus ihrem Bekanntenkreis. Er wäre nie als Partner infrage gekommen.

Am Abend, als Georg nach Hause kommt fragt er: „War was?"

„Nee, nix", ist die knappe Antwort.

„Das kann doch nicht wahr sein. Ute hat mich angerufen, dass sie bei dir war und du sie abgewimmelt hast."

„Sie war kurz hier und hat von ihrem Urlaub geschwärmt, das interessierte mich aber nicht. Das hat sie wohl gemerkt und ist dann gegangen."

„Ute ist doch eine gute alte Freundin, wieso bist du so ablehnend ihr gegenüber?"

„Hat sie das gesagt?"

„Nicht so direkt, aber dass sie enttäuscht war, konnte man deutlich heraushören."

Nach einer kleinen Pause, sagt Karen:

„Übrigens habe ich Pizza bestellt, die kannst du dir warm machen."

„Wie wäre es, wenn du das machen könntest? Ich habe den ganzen Tag Ärger im Büro gehabt, jetzt will ich nicht auch noch zu Hause so was haben. Komm, raff dich auf."

Dann stopft er sich seine Pfeife und setzt sich mit der Zeitung gemütlich in seinen Sessel.

Karen geht unlustig in die Küche, schaltet den Ofen an und verschwindet dann im Bad. Georg wartet und wartet, sie kommt nicht wieder raus.

„Hey, Karen, ist was?"

„Nö!"

Nun geht Georg in die Küche, nimmt die Pizza aus dem Karton und legt sie aufs Backblech. Er schüttelt den Kopf, er weiß sich keinen Rat. Mit der erwärmten Pizza setzt er sich vor den Fernseher und schaltet innerlich ab.

Am nächsten Tag muss Georg für ein paar Tage verreisen. Nachdem Karen seine Hemden zusammengelegt und in seinen Koffer gepackt hat, schaut Georg sie prüfend an:

„Und was machst Du die ganze Zeit?"

Karen zuckt nur mit den Schultern.

„Was schon?" ist ihre resignierte Antwort.

Georg macht ein besorgtes Gesicht:

„Wenn ich zurück bin, müssen wir endlich mal miteinander reden!" Und dann ist er schon aus der Tür.

Karen hat jetzt viel Zeit, sich treiben zu lassen. Aber diesmal ist es ein böses Erlebnis, das sie aus ihren Erinnerungen hervorholt, obwohl sie es eigentlich für immer verbannen wollte. Sie hat Angst, sich damit zu beschäftigen, wollte alles vergessen. Aber die furchtbare Geschichte holt sie doch immer wieder ein.

Erik

war ein dunkles Kapitel in Karens Leben, über das sie nur schwer hinwegkam.

Sie war mit ihren Eltern in die Ferien an den Starnberger See gefahren. Sie bewohnten ein kleines Häuschen, in dem Karen ihr eigenes Zimmer hatte. Karen war mittlerweile sechzehn geworden und völlig unerfahren, was das andere Geschlecht betraf. Sie gehörte noch zum CDU (Club der Ungeküssten), wie einige Freundinnen spotteten. Dabei war sie genauso neugierig wie viele Mädchen in ihrem Alter.

Beim Baden im See wurde sie von einem braun gebrannten Schönling entdeckt, der sich an sie ranmachte. Karen fühlte sich geschmeichelt und nahm seine Einladung zu einer Segelpartie an. Sie hatten riesigen Spaß mit Wind und Wellen. Karen als Vorschoter legte sich ordentlich ins Zeug, und Erik bewunderte ihr Segeltalent.

Am Abend verabredete sie sich heimlich um 22.00 Uhr mit ihm, um tanzen zu gehen. Ihre Eltern legten sich bereits immer um die Zeit *schlafen. Sie sollten nichts erfahren. Sie hätten es sowieso nicht erlaubt, und am nächsten Morgen wollten sie die Heimreise antreten.*

So nahm Karen ihre letzte Chance wahr und traf Erik am vereinbarten Treffpunkt an der Seepromenade.

Sie gingen in das Tanzlokal. Aber nach ein, zwei Tänzen wollte Erik lieber mit ihr noch ein wenig am See spazieren gehen. Er legte den Arm um ihre Schultern, zog sie nah an sich heran. Karen dachte: „Nun küsst er mich gleich." Da schlug er vor:

„Wir könnten noch eine nächtliche, romantische Fahrt auf dem See unternehmen."

Das klang höchst reizvoll. Sie gingen zu einem großen Boot im Hafen, er schloss die Tür zur Kajüte auf und zog sie hinein, dann küsste er sie und ganz plötzlich wurde er grob, warf Kissen von den Bänken auf den Boden und zwang sie runter.

Karen wurde blitzartig klar, was auf sie zukommen würde. Sie versuchte sich zu wehren, aber alles Zappeln und Umsichschlagen half nichts, er war der Stärkere. Sie begann zu schreien. Da legte er seine beiden Hände um ihren Hals und drückte mit den Daumen fest zu. Karen kriegte kaum noch Luft und bekam Todesangst. Sie sah, wie sich sein Gesicht zu einer hässlichen Fratze verzerrte, und war plötzlich zu keiner Gegenwehr mehr fähig. Sie drehte ihren Kopf zur Seite und ließ dann alles über sich ergehen. Ihr kam die Zeit unendlich lang vor.

Sie war wie gelähmt und vor Schreck ganz starr. Die Schockstarre wich erst, nachdem er von ihr abgelassen hatte.

Sofort stand sie auf, riss die Tür auf, sprang vom Boot auf den Steg und rannte so schnell sie konnte, zurück zum Häuschen.

Sie war immer noch wie betäubt. Der Schock wich nicht. Sie funktionierte zwar automatisch, wusch sich gründlich, versteckte ihr mit Blut verschmiertes Kleid im Papierkorb und legte sich dann ins Bett. Aber zur Ruhe kam sie nicht, und ans Schlafen war überhaupt nicht zu denken. Immer wieder tauchte seine

Fratze vor ihr auf. Ihr Herz schlug wie wild und sie fragte sich immer wieder: 'Was soll nun werden?'

Die Angst, eventuell ein Kind zu bekommen von Erik, diesem Verbrecher, machte sie schier wahnsinnig. Und der Gedanke, nicht ganz unschuldig zu sein, bedrängte sie am meisten, ja machte sie zu einer Mittäterin. Warum nur war sie heimlich mit ihm ausgegangen?

Als Kind hatte man ihr immer wieder eingebläut, nie mit einem fremden Mann mitzugehen. Nun war sie zwar kein Kind mehr, aber die Warnung war berechtigt. Sie hatte ihre Unschuld und ihr Grundvertrauen verloren. Sie war beschädigt worden. Verzweiflung und Wut wechselten sich ab. Sie fühlte sich stigmatisiert. Sie weinte aus Angst und Selbstmitleid die ganze Nacht in die Kissen.

Am nächsten Morgen schminkte sie ihr verheultes Gesicht, damit keiner etwas merkte.

Auf der langen Fahrt gen Norden öffnete sie hinten im Wagen die Fensterscheibe, damit der Wind sie am Weinen hindern sollte. Die Folge war, sie bekam später eine heftige Sommergrippe mit hohem Fieber. Sie phantasierte und weinte immer wieder, und so erfuhr die Mutter, was geschehen war.

Die Eltern waren entsetzt und höchst enttäuscht von ihrer Tochter. Sie bekam trotz der Grippe und ihres seelischen Zustands heftige Vorwürfe zu hören und musste später mit ihrer Mutter zum Frauenarzt, der zum Glück eine Schwangerschaft ausschließen konnte.

Lange Zeit hatte Karen dieses Problem mit sich herumgetragen und nie wirklich verarbeitet. Sie war traumatisiert und eine große Last lag auf ihrer Seele, wobei sie sich immer wieder mit Selbstvorwürfen quälte. Warum nur war sie so neugierig gewesen?

Sie glaubte, nie mehr jemanden lieben zu können nach diesem Erlebnis, und dass auch kein anständiger Mann sie mehr nehmen würde. Sie, die früher so stolz war, fühlte sich jetzt wie zweite Wahl und weniger wert.

In der Schule wurden ihre Leistung immer schlechter, und zu Hause hatte sie ständig Probleme mit ihrer Mutter. Sie meinte, keiner würde sie verstehen.

Eines Tages sagte ihr Vater:

„Wie soll das mit dir weitergehen, wenn du die Schule nicht schaffst? Eigentlich hätte ich erwartet, dass du dich jetzt besonders ranhältst und arbeitest anstatt trüben Gedanken nachzuhängen. Die bringen dir nichts. Ich bezahle dir den nötigen Nachhilfeunterricht und du gibst dir alle Mühe. Einverstanden?"

Sie schlug ein, und nach ein paar Monaten war sie wieder die alte gute Schülerin. Und ihr Flötenspiel ließ ahnen, dass sie Musik studieren würde.

Es hatte lange gedauert, bis sie wieder Vertrauen zu einem Mann finden konnte.

Karen rafft sich endlich auf und geht zu ihrer Frauenärztin. Die verschreibt ihr als Übergang in der Menopause ein Hormonpräparat.

Die Wirkung zeigt sich nach und nach.

Karen gerät langsam in eine Art Torschlusspanik. Ihre Gefühlswelt kommt völlig durcheinander, mal ist sie euphorisch, dann wieder trübsinnig. Durch die Medikamente bekommt sie Sehnsüchte und hat zunehmend erotische Fantasien. Die will sie aber Georg nicht eingestehen, sie sucht zunächst Abhilfe in Selbstbefriedigungen, die ihr aber auch nicht helfen.

Auf einer Ausstellung trifft Karen einen alten Bekannten, der ihr schon immer gut gefallen hatte. Sie kommen ins Gespräch, und er macht ihr Komplimente. Das tut ihr gut, sie genießt es und lässt sich von ihm zu einem Abendessen einladen.

„Dein Georg vernachlässigt dich wohl?" stellt er fest und flirtet heftig weiter mit ihr. Das macht ihr tatsächlich Spaß und nach einigen aufputschenden Drinks und eindeutig zweideutigen Gesprächen versucht er Karen ins Bett zu kriegen. Zunächst gefällt es ihr noch, begehrt zu sein. Aber dann, als sie beide tatsächlich in einem Hotelzimmer landen und er an ihr herumfummelt, kommen ihr plötzlich Zweifel. Sie flüchtet sich ins Bad:

„Du kannst dich schon mal ins Bett legen, ich komm gleich."

Sie hält sich noch etwas im Bad auf, um nachzudenken, wie sie am besten aus dieser Situation herauskommen kann.

‚Das alles hier will ich doch gar nicht, das erinnert mich an...'

Um Zeit zu gewinnen dreht sie den Wasserhahn auf und drückt auf die Toilettenspülung, knöpft ihre Bluse wieder zu und verschwindet dann ruck-zuck aus dem Hotel.

Nach dieser Erfahrung lässt sie die Finger von den Hormonen und fällt wieder in das alte Muster. Vernachlässigt sich und ihren Haushalt. Auch der Garten, früher mal ihr ganzer Stolz, verwuchert immer mehr.

Sie sitzt wieder stundenlang in ihrem Sessel und fantasiert vor sich hin, manchmal spricht sie auch leise, als unterhielte sie sich mit jemandem. So etwa mit Peter.

Peter

Als sie mit ihrem Musikstudium in Hamburg begann, lernte sie in der nahen Kunsthochschule den angehenden Architekten Peter kennen. Er konnte gut zeichnen und machte ein paar schöne Rötelzeichnungen von Karen, die sie noch heute besitzt. Sie verstanden sich bestens, aber zu einer Annäherung kam es nie, weil der arme Peter sich mit ganz anderen Problemen herumschlug. Bei einem langen Spaziergang am Elbdeich entlang druckste Peter unsicher herum, und dann teilte er ihr doch seine Sorgen mit. Er solle ein Mädchen zum Schein heiraten, weil sie ein Kind von ihm erwartete.

„Es ist auf einem Künstlerfest passiert. Sie hatte eine Freundin besucht, die sie mit auf das Fest brachte. Ich hatte mich gelangweilt und plötzlich stand sie vor mir und wir haben geschwoft, ein bisschen im Dunklen geschmust, und dann ist sie mit zu mir gegangen. Es war ein Versehen. Ich kannte von ihr nur den Vornamen Greta. Nun soll ich meinen Namen hergeben, Greta heiraten, einen Verzichtsvertrag

unterschreiben, und wenn das Kind geboren ist, in die Scheidung einwilligen. Danach soll ich verschwinden und mich nicht mehr blicken lassen, so verlangt es ihr Vater. Soll ich das tun?" fragte er Karen.

„Aber selbstverständlich! Was verlierst du denn dabei? Außerdem ist es ja auch dein Kind, dem du somit helfen kannst." Sie dachte an ihr Erlebnis und was aus ihr geworden wäre, wenn sie das gleiche Schicksal wie Greta hätte erleben müssen.

Peter war eigentlich ein liebenswerter Kerl, aber immer wieder mit Problemen behaftet. Er zog sie regelrecht an.

Sie traf ihn später in München wieder. Er machte, obwohl im Grunde ein netter Kerl, immer eine unglückliche Figur. Darum war an ein Leben mit ihm nicht zu denken. Auch heute bei ihren Fantasien nicht.

So geht das eine Weile weiter. Karen träumt sich aus ihrer trostlosen Realität in eine für sie interessantere, bunte Erinnerungswelt, sie baut sich Luftschlösser und spielt in diesen Träumen die Hauptrolle. Sie führt Regie. Und immer, wenn sie aus ihren bunten Träumen gerissen wird, ist die Gegenwart für sie Grau in Grau.

Sie steigert sich in Selbstmitleid und findet keinen Ausweg. Nur die Flucht in Träumereien bietet einen Ausgleich zu ihrem trostlosen Lebensgefühl.

Nach und nach nehmen diese Träume und Fantasien von ihr so sehr Besitz, dass ihre Stimmung immer depressiver wird. Sie kommt mit ihrer Gegenwart nicht mehr klar, ist ständig unzufrieden mit sich und ihrer Umwelt. Sie glaubt, ihr Leben sei total verpfuscht. In ihrer Parallelwelt aber fühlt sie sich besser, alles ist überschaubarer.

Diese Träume nehmen ihr aber auch ihre Handlungsfähigkeit, ihre Fantasien wer-

den zum Ersatz für lebendige Empfindungen, und ihre Stimmung wird immer hoff-
nungsloser.

Und wieder flüchtet sie sich aus ihrer seelischen Not und erinnert sich an Arend,
von dem sie ihren ersten richtigen Heiratsantrag bekommen hatte.

Arend

Karens Eltern hatten einen großen Freundeskreis, mit dem an Wochenenden Ausflüge in die Umgebung gemacht wurde. Die Kinder dieser Freunde waren meistens auch dabei. Mit zunehmendem Alter blieben sie weg oder kamen besonders gern mit, wie zum Beispiel Arend, Sohn eines Kaffeehändlers, der sich in Karen verguckt hatte.

Er bemühte sich nach allen Regeln der Kunst. Lud Karen zu Partys ein, ging mit ihr auf Bälle und machte abenteuerliche Fahrten mit ihr auf seiner Vespa. Als er zur Ausbildung in ein Kaffeeland nach Mittelamerika geschickt wurde, schenkte er ihr zum Abschied ein gerahmtes Bild mit Wolfgang Amadeus Mozart, was sie sehr rührte, war er doch nicht so sehr an Musik interessiert wie sie. Dann folgten ein paar Briefe und Postkarten hin und her. Das war alles.

Ein Jahr später, Karen hatte sich inzwischen unsterblich in Thomas verliebt, kam Arend zu Besuch nach Hause. Sie trafen sich bei Freunden und er konnte viel Interessantes von Mittelamerika erzählen, was Karen sehr spannend fand.

Dann machte Arend ihr, die Kürze seines Aufenthalts nützend, einen offiziellen Heiratsantrag.

Er sagte zu ihr: „Wir kennen uns doch schon so lange und verstanden uns immer gut, außerdem interessierst du dich für das Land, in dem ich arbeite. Hättest Du nicht Lust mit rüberzukommen?" Dann fügte er noch hinzu: „Ich meine als meine Frau?"

Karen war mit ihren Gedanken ganz woanders und verstand Arends plötzlichen Überfall nicht und nahm seinen Antrag deswegen auch nicht an. Er war enttäuscht und reiste zurück an seinen Arbeitsplatz in Mittelamerika. Dort machte er Karriere als Kaffeeplantagen-Besitzer und als Einkäufer für berühmte Kaffeemarken. Er heiratete dort, und als Karen davon erfuhr, war sie trotz allem über den Verlust traurig.

„Du hast ihn doch nicht gewollt", stellte ihre Mutter sachlich fest. Das stimmte zwar und doch tat es ihr weh.

Jahre später, als Karen schon verheiratet war, traf sie ihren alten Jugendfreund zufällig in einem Hotelrestaurant wieder. Sie ging an seinem Tisch vorbei, und er sprang sofort auf und rief überrascht:

„Karen, was für eine Überraschung!"

Das Wiedersehen wurde gemeinsam gefeiert! Von da an besuchte man sich gegenseitig und zwischen den Ehepaaren entstand eine herzliche Freundschaft.

Zu dem klärenden Gespräch zwischen Georg und Karen kommt es aus Zeitmangel immer noch nicht. Da überrascht Georg sie mit dem Vorschlag, einen Kurzurlaub auf der Insel Sylt zu machen, um sie aufzuheitern und ihr etwas Abwechslung zu bieten.

„Ist doch gut, wenn wir hier mal rauskommen!" ist seine Erklärung

Karen willigt zwar ein, aber eigentlich hat sie keine Lust, ihr fehlt die Kraft. Das Kofferpacken ist schon eine Last für sie. Was soll sie mitnehmen? Entscheidungen fallen ihr schwer, aber schlussendlich zwingt sie sich dazu, und sie fahren tatsächlich für ein paar Tage an die See.

Aber auch hier leidet die Gemeinsamkeit unter Karens offensichtlicher Unzufriedenheit und ihren Selbstzweifeln. Einerseits findet sie sich nicht mehr attraktiv genug, um sich an den Strand zu legen. Andererseits ärgert sie sich über die zur Schau getragenen Eitelkeiten der Schickeria.

Allein die langen Strandwanderungen machen ihr Spaß. Abends gehen sie zusammen in angesagte Restaurants. Georg genießt die freie Zeit, das gute Essen und er unterhält sich gerne mit Fremden. Karen beteiligt sich nicht an den Gesprächen.

„Wo ist dein früherer Charme geblieben? Du warst immer so spritzig", fragt er auf dem Rückweg von einem Abendessen.

„Verspritzt", ist der knappe Kommentar von Karen.

„Na, da kann einem ja die Lust vergehen. Worauf willst Du eigentlich hinaus, Karen? Man könnte meinen, dass Du mich los sein willst." Karen reagiert nicht.

In ihrem Hotel angekommen, will Georg mehr Klarheit und die Diskussion weiterführen. Sie legt sich aber gleich ins Bett, und greift in die Nachttischschublade. Da liegt ein dickes Buch. Es ist die Bibel. Erstaunt, dass es so etwas noch in Hotels gibt, blättert sie darin herum und, ob Zufall oder nicht, liest sie für sich ein paar Zeilen, die genau zu ihr passen und dann liest sie laut vor:

3,1 Ein jegliches hat seine Zeit, und alles
Vorhaben unter dem Himmel hat seine
Stunde:

2 geboren werden hat seine Zeit, sterben
hat seine Zeit; pflanzen hat seine Zeit,
ausreißen, was gepflanzt ist, hat seine
Zeit;

4 weinen hat seine Zeit, lachen hat seine
Zeit; klagen hat seine Zeit, tanzen hat
seine Zeit;

5 Steine wegwerfen hat seine Zeit, Steine
sammeln hat seine Zeit; herzen hat seine
Zeit, aufhören zu herzen hat seine Zeit;

8 lieben hat seine Zeit, hassen hat seine
Zeit; Streit hat seine Zeit, Friede hat
seine Zeit.

9 Man mühe sich ab, wie man will, so hat
man keinen Gewinn davon.

Karen nickt zustimmend.

Georg nimmt ihr die Bibel ab und antwortet mit dem Rest der Zeilen:

11 Er hat alles schön gemacht zu seiner
Zeit, auch hat er die Ewigkeit in ihr

Herz gelegt; nur dass der Mensch nicht ergründen kann das Werk, das Gott tut, weder Anfang noch Ende.

12 Da merkte ich, dass es nichts Besseres dabei gibt als fröhlich sein und sich gütlich tun in seinem Leben.

13 Denn ein Mensch, der da isst und trinkt und hat guten Mut bei all seinem Mühen, das ist eine Gabe Gottes.

Prediger Salomo, 3 *

„Kann dich das nicht trösten?" fragt Georg

Karen verdrückt ein paar Tränen, die Georg ihr liebevoll abwischt. Und dann werden die Tage an der See doch noch für beide schön und harmonisch. Allerdings kommen sie ihrem wirklichen Problem nicht auf den Grund.

Darum ist das Urlaubsergebnis auch nicht von Dauer, denn zurück in Hamburg fällt sie bald wieder in ihr vorheriges träges und antriebloses Leben, alles ist wieder, wie es war. Es mangelt ihr an befriedigenden Aufgaben.

Sie ist enttäuscht von sich selber und enttäuscht von Georg, der anscheinend immer eine perfekt funktionierende Partnerin und Hausfrau erwartet, so wie sie all die Jahre die Bedürfnisse anderer erfüllt hat. Sie hatte es von sich selbst auch verlangt.

Warum jetzt diese große Resignation und Frustration? Sie quält sich mit Selbstvorwürfen und Schuldgefühlen, diese Rolle nicht mehr erfüllen zu können.

Karen zieht sich immer mehr in sich selbst zurück und hat nicht das mindeste Interesse an ihrer Umwelt. Tagsüber trödelt und verträumt sie ihre Zeit. Darüber ist sie zwar unglücklich, aber sie findet keinen Antrieb mehr, etwas zu unternehmen.

Sie döst den ganzen Tag und kann nachts schlecht schlafen. Dann tigert sie im Dunklen durchs Haus, wobei sie ab und zu mal einen kleinen Drink zu sich nimmt.

Die Folge: morgens ist sie noch müde und verschlafen, so dass Georg sich seinen Kaffee selber macht. An Frühstück oder an einen gedeckten Tisch, wie es früher üblich war, ist gar nicht mehr zu denken.

Wenn sie endlich aus dem Bett findet, überlässt sie sich wieder der Trägheit und flüchtet sich in ihre Fantasien. Ihre Aktivitäten finden nur noch in den Erinnerungen ans Gestern statt.

Sie träumt von ihrem ganz großen Jugendschwarm Thomas.

Thomas

Als sie damals Arend den Laufpass gegeben hatte, war sie bereits über und über in Thomas verliebt. Er galt als musikalisches Genie und studierte in Salzburg. Hin und wieder, wenn er gerade seine Eltern in Hamburg besuchte, dirigierte er das kleine Orchester an ihrem Konservatorium, wo sie sich kennenlernten. Einige Male musizierten sie bei Hauskonzerten auch zusammen. Sie spielte ihre geliebten Bach-Sonaten, er begleitete sie auf dem Cembalo, und dabei entstand eine so große Übereinstimmung und Harmonie zwischen ihnen, dass beide davon ganz überrascht und beglückt waren.

Und als sie einmal bei einer Probe zu früh einsetzte, sagte der Cembalist mit seiner so typischen und liebevollen Diplomatie:

„Liebste Karen, schade, dass Bach es nicht so komponiert hat! Aber leider steht es in den Noten anders, und um dir ein guter Begleiter zu sein - und das will ich - wäre es wichtig, du hieltest die Pause genau ein."

Karen stieg vor Scham die Röte ins Gesicht, denn Zählen war ihre Stärke nicht. Aber seither passte sie genau auf, damit so etwas nicht wieder vorkam.

Als er dann ein höchst begehrtes Stipendium nach Rom an die Santa Cicilia gewann, sahen seine Familie und viele Freunde schon einen neuen Star am Dirigentenhimmel aufsteigen. Es sei noch viel von ihm zu erwarten, hieß es. Aber nun war Thomas erst einmal weit weg. Darum himmelte Karen ihn aus der Ferne an.

Als er später seine erste Korrepetitor-Stelle im Rheinland bekam, lud er Karen zu seinem ersten Allein-Dirigat nach Düsseldorf ein. Sie fuhr voll großer innerlicher Aufregung dorthin.

Erstaunlicherweise fremdelten sie zunächst ein bisschen. Kein Wunder, sie hatten sich lange nicht gesehen, und Thomas war vor seinem ersten Auftritt im großen Opernhaus natürlich etwas angespannt.

Dann fuhren sie zusammen zur Oper, es war der Freischütz. Eine hochinteressante Inszenierung und vom Pult kam das Beste, was man zu hören wünschen konnte, so stand es später in der Zeitung.

Nach einem riesigen Applaus feierte das ganze Ensemble ausgelassen den Erfolg in der Kantine des Opernhauses. Karen fühlte sich unter dem heiteren Künstlervölkchen wie das berühmte fünfte Rad am Wagen. Als Thomas das bemerkte, kam er sofort zu ihr, legte seinen Arm um sie und zog sie in den Kreis der Sänger an seinen Tisch. Die Begeisterung des Ensembles über seinen neuen Dirigenten und die gelungene Premiere war so riesengroß, dass man Karen gar nicht wahrnahm. Sie war eben nur eine Zuhörerin aus dem Publikum, sie konnte nicht mitreden, obwohl sie doch auch eine Musikerin war. Die übertriebene Fröhlichkeit, das lustige „Heiteratei" des Ensembles irritierte sie. Sie fand alles sehr befremdlich.

Darum verabschiedete sie sich bald und fuhr mit einem Taxi zum Bahnhof, um noch den *letzten Zug nach Hamburg zu erwischen. Auf der ganzen Fahrt weinte sie sich ihren gelieb-ten Thomas aus dem Herzen. Die Theaterwelt war ihr fremd, und in der ging Thomas völlig auf.*

‚Da kann ich nicht mithalten, da bin ich zu konservativ oder sogar zu prüde.‘ stellte sie fest.

Außerdem war sie mit ihrem Musikstudium auch nicht mehr zufrieden. Sie musste feststel-len, dass ihr Können für eine Solokariere nicht ausreichen würde. Das machte sie noch un-glücklicher.

Als Thomas Karen später in Hamburg be-suchte, war sie völlig überrumpelt. Sie mach-ten zusammen einen langen Spaziergang und Thomas fragte:

„Du hast dich so verändert! Was macht dein Flötenspiel? Wir haben uns doch mal so wun-derbar verstanden. Wo ist die alte Karen ge-blieben?“

Sie konnte es nicht sagen, aber ihr stiegen die Tränen in die Augen, da nahm er sie in die

Arme. Immer hatte sie davon geträumt, wie es wohl sein würde, wenn sie sich näherkämen. Nun war sie wieder steif wie ein Stock. Wovor hatte sie Angst?

Sie brachte dann Thomas zur Bahn. Er schrieb ihr später, er stünde am anderen Ufer des Flusses und riefe sie, aber sie würde ihn nicht hören. Er sei darüber sehr traurig. Das war sie auch.

Thomas war Karens großer Schwarm und tief empfundene Liebe, aber die Sehnsucht nach körperlicher Nähe fehlte. Ob das immer noch an ihrem schrecklichen Erlebnis mit Erik lag?

Es ist so weit, der Termin beim Spezialisten steht fest. Georg bittet Karen, sich ein Kostüm anzuziehen, vorher zum Friseur zu gehen, etwas Rouge aufzulegen.

„Also halt so, wie du es früher immer gemacht hast, das wirst du doch nicht vergessen haben?"

Karen befolgt seine Wünsche, ist aber stumm.

Der Psychiater begrüßt Karen freundlich. Auf seine Fragen gibt sie allerdings nur knappe Antworten, bis er fragt;

„Mögen Sie Blumen?" Karen schweigt zwar immer noch, da sagt Georg;

„Du mochtest doch immer Tulpen so gern. Ich erinnere mich, dir am Anfang unserer Ehe aus Holland mal einen großen Strauß Tulpen mitgebracht zu haben, und du hast am nächsten Tag gesagt: Schau mal, die Tulpen beginnen zu tanzen, nicht wahr?"

„Sie habe ich aber nicht gefragt", rügt der Psychiater Georgs Einwurf.

Diese Zurechtweisung löst endlich Karens Zunge, sie sagt:

„Die Tulpen haben ausgetanzt, sie wurden welk, ihre Köpfe hingen bis auf die Tischplatte und dann fielen die Blätter ab. So ist es jetzt auch bei mir!"

„Aber, aber", sagt der Psychiater mit aufmunternder Stimme, „Sie sind doch erst 45, also noch in voller Blüte, wenn wir bei dem Tulpenbild bleiben wollen."

„Sie haben ja keine Ahnung", verteidigt sich Karen, „mein Leben ist fertig. Ich habe alles getan, was man als Frau tut: gelernt, geheiratet, zwei Kinder geboren und erzogen, die brauchen mich jetzt nicht mehr. Ich bin nur noch so eine Art ‚Muttertagsposten', mein Mann geht in seiner Arbeit auf. Ich bin nur noch eine Frau mit den öden Haushaltspflichten, Saubermachen etc. – Ich frage mich, warum! Es wird ja doch wieder dreckig, Staubwischen – es staubt von allein wieder voll, Wäsche zum x-ten Mal waschen und bügeln - es ist immer das gleiche. Essen kochen. Überhaupt jeden Tag essen und trinken, nur um am Leben zu bleiben, damit man weiterhin diese unbefriedigenden Arbeiten erfüllen kann."

„Sie haben oder finden keine lohnenden Lebensinhalte oder Aufgaben mehr, ist das richtig?" fragt der Psychiater.

„Wozu noch Aufgaben suchen. Es ist doch immer wieder dasselbe, ein Aufschieben des Unausweichlichen", antwortet Karen.

Nach einer kleinen Pause fragt der Psychiater sie dann:

„Sie sehnen sich das Ende herbei, ist das so?"

„Ja!"

Wieder folgt eine Pause und dann die Frage:

„Haben Sie mal darüber nachgedacht, sich selbst eine Freude zu machen?"

„Warum?"

"Weil es Ihnen gut täte!"

„Außerdem rate ich Ihnen, mal aufzuschreiben, was Sie alles erlebt haben. Schreiben Sie Ihre Selbstbiographie."

„Ach, das ist es nicht wert, mein Leben ist ziemlich verkorkst."

„Für Sie selber ist es aber von Wert, sich über sich selbst klar zu werden. Das ist mein Rat, den Sie befolgen sollten, zudem verschreibe ich Ihnen ein Medikament, das Ihre Stimmung aufhellen wird."

Damit ist die erste Beratung beendet.

Georg verlässt mit ihr die Praxis und will gleich in der nächsten Apotheke das Medikament kaufen, als Karen ihn davon abhält.

„Spar dir das, Georg. Ich nehme diese Stimmungstabletten sowieso nicht."

„Wie willst du dann wieder gesund werden?"

„Lass mich einfach in Ruhe, dann geht es mir am besten."

„Das ist aber keine Lösung des Problems. Und bitte, schreib auf, was der Psychiater dir geraten hat, damit du beim nächsten Besuch etwas vorweisen kannst, und er Ansatzpunkte finden kann, um dir zu helfen."

Karen willigt ein. Aber am nächsten Tag, hat sie den Vorsatz wieder vergessen. Setzt sich in ihren Sessel und träumt von Gerfried.

Gerfried

Karen war sich klar darüber geworden, dass ihr Talent für eine Solistenkarriere nicht ausreiche. Bei der Musik wollte sie aber bleiben, darum wechselte sie nach München, um dort Musikgeschichte zu studieren. Später würde sie vielleicht eine Aufgabe beim Rundfunk oder in einer Zeitung suchen.

Inzwischen hatte sie sich oberflächlich mit Gerfried, einem alten Kommilitonen aus Hamburg, angefreundet, der eigentlich gar nicht zu ihr passte, aber in diesem Moment eine Schulter zum Anlehnen war. In den Semesterferien lud Gerfried Karen nach Bayern auf das Stammschloss seiner Familie ein.

Bei dem Wort „Schloss" begann Karen in der Nacht vor ihrer Abreise zu träumen, dass sie beide, falls sie mit Gerfried zusammenkäme, dort ein Barock-Musik-Festival veranstalten könnten. Sie stellte sich schon vor, welche Künstler und Interpreten sie dazu einladen würde. Welche musikalischen Schwerpunkte man setzen müsste usw.

Beschäftigt mit diesen Träumen fuhr sie von München aus nach Oberbayern. Als sie durch eine Baumallee auf das „Schloss" zufuhr, bekam sie allerdings einen gehörigen Schreck. So hässlich hatte sie sich das alles nicht vorgestellt. Im sogenannten „Park" standen Baracken, in denen verschiedene Firmen ihre Waren lagerten, das konnte man den angebrachten Schildern entnehmen. Am Ende des Parks stand an einem Abhang, von dem man auf die Gleise eines Eisenbahnknotenpunkts sah, das sogenannte Schloss, es war ein mit Zinnen und Türmchen verzierter Bau aus den Gründerjahren. Karen schüttelte es, aber sie zog mutig an der Klingelschnur, und eine freundliche ältere Dame öffnete ihr. Es war Gerfrieds Tante, die sie begrüßte und hereinbat. Gerfried sei noch nicht da, ob sie einen Kaffee wünsche, war ihre Frage, dann solle sie sich schon mal in den Salon setzen.

Überall sah Karen Plüsch und Troddeln, Häkeldeckchen auf dem Tisch, künstliche Blumen auf dem Fensterbrett und dann eine Eule auf dem Radio. Die Eule hatte eine Uhr fest zwischen den Krallen, und das Ticken sah man an den Augen, die immerzu im Tick-Tack hin und her schielten. Karen bekam einen verständlichen aber völlig unangemessenen Lachanfall. Hierher wollte sie die Musikwelt einladen! Welch eine naive, blöde Idee!

Mit der Tante kam auch Gerfried in den Salon. Nach dem Kaffee verabschiedeten sie sich und fuhren weiter Richtung Berge, wo sie übernachten wollten.

Da Karen außer einigen Knutschereien sonst noch keinen engeren Kontakt mit Gerfried gehabt hatte, endete diese Begegnung in einem Desaster für beide.

Das war nicht der Mann, den sich Karen wünschte, und sie fuhr sofort wieder ab.

Georg findet Karen am Abend wieder vor sich hin grübelnd in ihrem Sessel sitzend.

„Wenn Du weiterhin nur trüben Gedanken nachhängst, wirst Du eines Tages noch schwermütig, und das kann sich zu einer bösen Krankheit ausweiten. Sag bitte: Warum tust du dir und mir das an? Warum nimmst du nicht die Medikamente, die dir der Arzt verordnet hat? Und geh noch einmal zu einer Sitzung zu ihm. Er ist doch ein sehr sympathischer Mensch. Ich bin sicher, er kann dir helfen. Vergiss nicht, vorher noch deine ‚Memoiren' aufzuschreiben."

Karen nickt und ärgert sich über den Spott in Georgs Satz, verspricht aber einen neuen Termin zu vereinbaren.

Beide sitzen sich am Abendbrottisch gegenüber, und Georg erzählt von seiner Arbeit. Karen hört oberflächlich zu und ist mit ihren Gedanken ganz woanders.

Dann fällt ihr plötzlich ein:

„Übrigens, Rudi hat aus Amerika geschrieben. Er wird zu Weihnachten nachhause kommen. Und Gitta hat sich auch angemeldet. Das ist doch schön!"

„Na, das ist mal eine freudige Überraschung. Und du hast dann wieder einiges zu tun. Das lenkt dich ab und macht dir vielleicht auch wieder Spaß."

‚Also muss ich mal wieder funktionieren,' denkt Karen. Allerdings freut sie sich, ihre Kinder wiederzusehen. Wenn sie sich auch abgenabelt haben, so bestehen doch immer noch gute und liebevolle Bande zwischen ihnen. Gitta und Rudi brauchen sie zwar nicht mehr, aber Karen stellt fest, dass umgekehrt, sie ihre Kinder braucht. Und sie freut sich auf Weihnachten und die Beiden.

Georg geht jeden Morgen früh in seine Anwaltskanzlei. Dort lässt ihn die viele Arbeit das häusliche Elend vergessen. Seine Sekretärin, Gisela Wolters, ist ihm seit Jahren eine gute Stütze. Zwei junge Anwälte und noch zwei Schreibkräfte gehören mit in seine Bürogemeinschaft. Er ist ein gefragter Fachmann auf dem Gebiet des Patentrechts und darum ist seine Kanzlei mit Aufträgen gut ausgelastet.

Frau Wolters, eine attraktive Enddreißigerin, ist immer adrett gekleidet und hat ein sicheres Auftreten. Mit ihrem faszinierenden Gedächtnis ist sie auch eine unverzichtbare Hilfe im ‚Laden‘, wie Georg immer wieder lobend betont. Als Verwalterin der Termine für die drei Anwälte hält Frau Wolters hier alles zusammen. Sie ist mit Leib und Seele beim Geschäft, und sie himmelt ihren Boss an. Nichts darf ihm fehlen oder in die Quere kommen. Alles geht über ihren Tisch. Sie arbeitet abends oftmals länger, da sie sich mit der Kanzlei verheiratet fühlt.

Seit einiger Zeit bringt der Chef sich morgens sein Frühstück mit ins Büro und bittet sie dann um eine Tasse Kaffee. Da spürt sie, dass in seiner Ehe etwas nicht mehr stimmt und wittert Morgenluft. Vielleicht kommt endlich ihre Chance. So hofft sie vielleicht nicht ganz umsonst?

Das Weihnachtsfest steht vor der Tür. Mit größtem Energieaufwand gibt Karen sich wirklich Mühe, es allen recht zu machen und eine freundliche, festliche Stimmung zu zaubern.

Sie backt und kocht schon Tage vorher. Sie richtet das ganze Haus weihnachtlich her. Überall gibt es festlich glänzende Dekorationen: An der Haustür hängt ein mit Schleifen geschmückter Kranz, Sterne kleben an den Fenstern, den Tisch schmückt ein adventliches Gesteck mit Kerzen und Mittelpunkt ist der große Tannenbaum, der über und über mit Kugeln und Lichtern dekoriert ist.

„Da herrscht ja der Deko-Terror", bemerkt Gitta kritisch, während Rudi etwas milder gestimmt meint: „Mami, das hast du wieder großartig gemacht, aber das ist doch nicht nötig, für nur zwei Tage."

Georg legt seinen Arm um Karen und sagt tröstend:

„Lasst eure Mutter nur machen. Früher habt ihr das geliebt."

Bei Tisch gibt es interessante Diskussionen über Studiengänge, Kommilitonen und Professoren. Es wird tüchtig gefachsimpelt, wobei Georg ein perfekter Gesprächspartner, eine Art Sparringspartner, für seine beiden Studiosi ist. Karen hält sich still zurück, aber als sie vor dem Geschenkeauspacken noch ein paar Weihnachtslieder anstimmen will, wird sie von allen dreien mit Ablehnung überstimmt.

Das sei doch Kinderkram!

Am Ersten Weihnachtsfeiertag wollen alle ausschlafen. Karen deckt den Frühstückstisch. Die verschlafenen Frühstücker trudeln nach und nach ein, während Karen sich bereits um den üblichen ‚Weihnachtsvogel' kümmert, den sie bei Niedrigtemperatur stundenlang garen will.

Sie macht ganz allein einen Spaziergang. Es fällt weiter nicht auf. Als sie zurückkommt, gibt es nur noch nüchterne Fragen wie:

„Ist die Wäsche fertig und kannst du mir noch meine Hemden bügeln?"

Der Rest des Tages dümpelt so dahin, und am Abend serviert Karen die traditionelle Weihnachtsgans. Den ganzen Tag zog der köstliche Bratenduft durchs Haus. Alle freuen sich schon auf die Gans und haben großen Appetit, loben das Festessen, um dann hinterher zu stöhnen, dass das alles doch zu fett gewesen sei.

„Das gehört zu Weihnachten", sagt Georg, „nun meckert nicht rum", und serviert einen Verdauungsschnaps. Am nächsten Tag gibt es Küsschen, Küsschen zum Abschied und alles Gute! Und weg sind sie.

Danach zieht wieder der langweilige Alltag in Karens Leben ein. Aber waren denn die Festtage wirklich festlich, oder etwas Besonderes? fragt sie sich kritisch.

Sicher, es war schön, wie immer – eben wie immer. Und dennoch fehlte etwas. War es die Wärme, die sie nicht mehr spürte, oder konnte sie selbst keine Wärme mehr geben? Fragen und Selbstzweifel quälen sie. Sie fühlt sich allein, hilflos und unverstanden.

Und schon flüchtet sie sich wieder in ihre alten Träumereien. Nun ist sie bei Roman angelangt.

Roman

Karen hatte großes Glück bei der Suche nach einer Bleibe in München. Sie konnte in den Räumen einer Kanzlei wohnen, deren Rechtsanwalt mit seiner Familie für einige Zeit im Ausland tätig war.

Hier in München begann für sie endlich ein unbeschwertes Leben. Das Studium fesselte sie, und mit großem Interesse besuchte sie die Vorlesungen und Kurse. Abends traf sie nette junge Leute, ging mit ihnen in die typischen Kneipen, und da gerade Fasching war, auch auf die vielen Bälle, die meistens bis in den frühen Morgen dauerten. Man zog in Grüppchen von einem Fest zum nächsten.

Irgendwann bei diesen Festivitäten traf sie Roman, mit dem sie über eine lange Zeit befreundet war. Es war aber eine immer wieder brüchige Liaison, die sie später bedauerte. Sie hatte wohl Liebe mit Mitleid verwechselt. Als er, es war kurz vor Weihnachten, ihr einen Verlobungsring schenkten wollte, war für sie auf einmal alles zu Ende. Sie nahm den Ring nicht an. Es war ihr klar geworden: Das ist nicht der, mit dem sie ihr ganzes Leben verbringen wollte.

Sie hörte später von Freunden, dass er nach dieser endgültigen Trennung eine totale Kehrtwendung eingeschlagen hatte. In Abendkursen machte er sein Abitur nach, um dann Betriebswirtschaft zu studieren. Nachdem er geheiratet hatte, machte er in Immobilien, wie man so sagt, und der Erfolg blieb nicht aus. Heute besitzt er ein gut florierendes Immobiliengeschäft.

Ein einziges Mal sind sie sich Jahre später zufällig begegnet. Karen und Georg waren in München und gingen zu einem Taxistand. Vor ihnen her ging ein Mann mit einem kleinen Kind an der Hand. Am typischen Gang hat Karen ihren alten Roman erkannt und ihn angerufen. Er blieb stehen, drehte sich um und war sichtlich überrascht.

Karen machte beide Männer miteinander bekannt. Roman drängte seinen Sohn, die Hand zu geben. Das wollte der Kleine aber nicht, darauf schimpfte Roman ihn aus. Karen winkte ab, sagte „Tschüss" und stieg mit ihrem Mann ins Taxi.

„War er das, dein langjähriger Begleiter?" fragte Georg neugierig. Als Karen es bestätigte, schloss er mit einer seiner typischen und spöttischen Bemerkungen: "Das war das!"

Ja, das war eben dieser Roman, den sie an ihrem letzten Geburtstag zufällig auf einem Parkplatz getroffen hatte. ‚Aber ein Leben mit ihm, das sollte nicht sein!' denkt Karen. Tempi passati!

Ihre Gedanken kreisen weiter um die Vergangenheit:

Warum konnte sie, die so oft begehrt wurde, ihre Chancen bei den Männern nicht nutzen? Warum kam es so oft zu Blockaden und verpassten Gelegenheiten? – War sie es nicht wert, Liebe und Verehrung anzunehmen, nach dem, was ihr als Sechszehnjährige passiert war? Hatte sie überhaupt das Recht, glücklich zu sein, wenn sie doch nicht perfekt war?

Trotz aller Zweifel, die sie immer wieder überfallen, nimmt sie jetzt regelmäßig die Termine bei ihrem Psychiater wahr.

Während der nächsten Sitzung fragt er:

„Sie haben mir erzählt, dass Sie früher Musik studierten. Was für ein Instrument haben Sie gespielt?"

„Zuerst Querflöte, dann Klavier, und als ich merkte, dass es zu einer Solokarriere nicht ausreichte, habe ich umgesattelt auf Musikgeschichte."

„Spielen Sie heute noch?"

„Nein, die Technik verschwindet aus den Fingern, wenn man nicht täglich übt. Und auch der Ansatz für den guten Ton geht sozusagen flöten. Dann mag man sich selbst nicht mehr hören, so kritisch wird man sich gegenüber."

„Wäre es für Sie möglich, sich irgendwie wieder mit Musik zu beschäftigen?"

„Kaum, und vor allem wie? Ich bin zu lange raus aus dem Metier. Schließlich hatte ich mal höchste Ansprüche an mein eigenes Musizieren. So perfekt kann ich nie mehr werden, wie ich es sein sollte."

„Aber Sie lieben Musik! Vielleicht könnten diese Schwingungen Sie aus dem Tief wieder herausholen."

„Ach, jetzt kommen Sie mir mit Musiktherapie und so'nem Esoterik-Kram. Nein, das ist ganz bestimmt nichts für mich, dafür versteh ich doch zu viel von Musik."

„Aber denken Sie darüber nach, was die Musik für Sie bedeutet hat und überlegen Sie, wie Sie sich wieder ihrer Musik annähern könnten."

Mit dieser Empfehlung entlässt er Karen und sie erinnert sich plötzlich wieder an ihren alten Musiklehrer: „…ihr müsst der Musik dienen…!" Und ein ganz feines Lächeln huscht über ihr Gesicht.

Zuhause angekommen schenkt sie sich aus Gewohnheit doch wieder ein großes Glas Wein ein und setzt sich zum Träumen in ihren Sessel. Sie denkt zurück an ihren interessanten und prägenden Englandaufenthalt und an Tom.

Tom

Bei ihrem London-Aufenthalt, um ihr Englisch aufzufrischen, traf Karen Tom wieder, den sie bereits in München kennengelernt hatte.

Tom arbeitete im Bereich concrete research, liebte Musik und Kunst und war ein sehr sportlicher Engländer, der das Segeln sogar im Winter liebte.

Karen besuchte die Sprachschule in der South Audley Street, nahe dem Hyde Park, um dort das Lower-Cambridge-Examination zu machen. Sie wohnte als Au-pair-girl bei Julia Tingey. Über sie lernt Karen eine ganz neue und interessante Welt kennen.

„A story for itself."

Julia stammte aus Guernsea, verlebte ihre Jugend aber in Fernost, weil ihr Vater dort einen hohen Rang beim Militär bekleidete. Sie wuchs also in den englischen Kolonien auf. Zum Studium kehrte sie nach England zurück. Sie studierte in London an einem berühmten College Kunst und Design.

Als eines Tages ein Wettbewerb für einen neuen Stoff (terrible shiny material; so ihre Worte) ausgeschrieben wurde, waren ihre Entwürfe die besten, dabei kamen ihr die Erlebnisse und Eindrücke aus Fernost zu Hilfe. Sie gewann den ersten Preis und den Erfinder und Hersteller von Lurex, so hieß der Stoff, gleich dazu. Er heiratete Julia vom Fleck weg. Später kam ihr Sohn Christopher auf die Welt. Leider starb ihr Mann sehr früh.

Sie arbeitete dann wieder unter ihrem Mädchennamen als Kostüm-Designerin für Theater, Musicals und für die Filmindustrie.

Karens Aufgabe war, sich um den Sohn Christopher zu kümmern, sie brachte ihn täglich zum Kindergarden und ging danach weiterhin zur Sprachschule.

Mit Tom machte Karen Ausflüge, zum Beispiel nach Wales, wo er eine Baustelle für

Atommeiler besuchte. Sie machten dort zusammen abenteuerliche und auch gefährliche Klettertouren, die Karen höchst erstaunten, schienen die Walliser Hügel von weitem doch eher harmlos. Sie mussten sich durch einen engen Kamin stemmen und hatten nicht einmal die richtige Ausrüstung dafür. Sein Kommentar war:

„Es waren Engländer, die den Himalaya eroberten."

Eine andere Herausforderung war die Einladung zu einer Segelpartie Ende Oktober. Es war schon empfindlich kalt, und ein heftiger Schnupfen war die Folge. Aber auch Theater- und Opernbesuche standen auf dem Plan. Er holte sie mit seinem alten, offenen MG ab. Julia belehrte ihn, dass man so nicht mit einer Dame, die gerade vom Friseur kommt, durch die Stadt brausen könne. Er solle das Verdeck wieder zumachen. Und sie ermahnte ihn noch, Karen ja sicher zu transportieren.

Für Karen war die Zeit in England voll prägender und wichtiger Lebenserfahrungen. Die freundschaftliche Aufnahme bei Julia gab ihr zunehmend Selbstsicherheit. Die vielen Antique-Shops prägten ihren Geschmack, das Bummeln durch die eleganten Kaufhäuser förderten ihr modisches Interesse und in den riesigen mehrstöckigen Book-Shops wurde sie zur Leseratte. Aber vor allem reizte sie das überraschend große Musik-Angebot! So oft wie möglich ging sie in Konzerte, zum Beispiel in die Albert-Hall, in verschiedene Kirchen und in Opernhäuser sowie Musical-Theatres.

Und Tom war ein interessanter Mann, der sie immer wieder mit neuen Ideen überraschte.

Nach bestandenem Examen war Karen zu Weihnachten wieder bei ihren Eltern zuhause. Kurz darauf kam Tom zu Besuch. Als er mit Karens Vater diskutierte, der nicht täglich Englisch sprach und es daher ab und an zu kleinen Verständigungsschwierigkeiten kam, wurde Toms Stimme ungeduldig und ziemlich laut. Das gefiel Karen absolut nicht. Sie war enttäuscht über sein Benehmen. Außerdem kritisierte er ihr zu viel. Besonders missfielen ihm die verputzten Häuser in Deutschland. Gerade er, der sich mit Beton beschäftigte.

Tom gab sich in Hamburg ganz anders, als sie ihn aus London kannte. Vielleicht hatte sie sich auch in England zu sehr angepasst. Als er wieder zurückflog, nahm er alles mit, was sie mal verbunden hatte.

Karen hat ihrem Psychiater ihre Aufzeichnungen mitgebracht, dann sagt sie: sie möchte ihr altes Leben ausziehen oder ablegen wie ein altes, zu eng gewordenes Kleid.

„Vielleicht passt das alte Kleid nicht mehr zu Ihnen, aber Sie sind immer noch dieselbe Frau, die sich nun verändert hat, die sich jetzt neu finden und kennenlernen kann. Dann wollen wir beim nächsten Termin mal gemeinsam daran gehen, diese Entwicklung zu starten. Ich werde Ihre Aufzeichnungen genau studieren."

Karen schaut ihn skeptisch an, nickt dann aber zustimmend. Die Gespräche mit dem Psychiater, seine beruhigende Stimme und seine Anteilnahme tun ihr gut. Sie fasst Vertrauen zu ihm, nimmt seine Ratschläge an und versucht, diese vorsichtig umzusetzen.

Die häusliche Situation verschlechtert sich allerdings trotzdem immer weiter. Georg kennt seine alte Karen nicht mehr wieder. Er gibt sich auch wenig Mühe oder hat keine Zeit, sich mit ihrem Problem zu beschäftigen. Er findet nicht den richtigen Zugang zu ihr. Sie macht es ihm allerdings auch nicht leicht, weil sie selbst nicht weiß, was mit ihr los ist.

Die Folge; Georg hält es zuhause nicht mehr aus. Ab und zu verlängert er seine Geschäftsreisen und besucht mal die Kinder in Berlin und Stuttgart oder trifft alte Kollegen aus seiner Studienzeit. Dazu wählt er häufig die Wochenenden. Karen ist alles egal, Hauptsache, man lässt sie in Ruhe. Ihr sei alles „schnurzepiepenegal", sagt sie.

Um sich abzulenken und um sich zu entspannen, trinkt sie ab und zu ein Gläschen Wein. Dann greift sie nach und nach auch zu stärkeren Drinks. Und es kommt öfter vor, dass sie dann in ihrem Sessel einschläft.

Gegen Mittag steht sie erst auf und trödelt dann rum. In den einzelnen Wachphasen träumt sie sich wieder ihre Geschichten zurecht.

Da Karen kein Interesse mehr für Georg zeigt, kommt es nicht von ungefähr, dass er woanders Ablenkungen und Bestätigung sucht.

Er ist jetzt auch leichte Beute für seine Sekretärin, die es ja schon lange auf ihn abgesehen hat. Bei ihr findet er Verständnis für seine Probleme. Manchmal unterhalten sie sich noch abends nach Büroschluss, und Georg lädt sie dann zum Essen ein. Und so ist es kein Wunder: Sie kommen sich näher und noch näher – ganz nah. Bis es zwischen Chef und Sekretärin keine Grenze mehr gibt.

Nach einem heftigen Streit mit Karen über ihren zunehmenden Alkoholismus macht er kurzen Prozess und zieht zu seiner Sekretärin Gisela Wolters.

Georgs Abenteuer mit seiner Sekretärin hält aber nicht lange, weil sie ihn zu sehr unter Druck setzt, sich doch endlich scheiden zu lassen und sie zu heiraten.

Außerdem genießt er auf seinen Reisen seine neue Freiheit und lernt auch andere Frauen kennen, die sich ebenfalls Hoffnungen machen. Er ist noch nicht bereit sich zu entscheiden, aber es schmeichelt seinem Ego. Er kommt auf andere Gedanken. Das Leben wird wieder leichter ohne die häusliche Last.

Als eine der neuen Flammen versucht, ihn telefonisch in der Kanzlei zu erreichen, ist seine Sekretärin am Apparat. So erfährt sie von seinem kleinen Abenteuer und wirft ihn kurzerhand aus ihrer Wohnung.

Damit endet auch ihr früher so gutes Arbeitsverhältnis. Georg muss sich eine neue Sekretärin suchen.

Er ist wütend und gibt vor allem Karen die Schuld für diese neuen Schwierigkeiten. Zum Glück hat er ein Ausweichquartier in seinem geerbten Elternhaus. Er teilt Karen schriftlich mit, dass er jetzt die Stadtwohnung bezogen hat. Alles weitere werde demnächst zu klären sein.

Bei Karen hat sich seit Georgs Auszug nichts geändert, im Gegenteil sie nimmt gar nicht wahr, was um sie herum geschieht. Sie zieht sich immer mehr in sich zurück, sitzt in ihrem Sessel und hat immer ein Glas Wein neben sich. Der Fernseher läuft den ganzen Tag, wenn sie nicht wieder in ihrer Traumwelt versinkt.

Da liest sie eines Tages in der Zeitung die Todesanzeige ihres alten Freundes Nazko. Das stimmt sie traurig und gleichzeitig sucht sie wieder die Erinnerungen an damals.

Nazko

Nazko stammte aus Kroatien, wo seine Familie große Liegenschaften besaß, aber wegen der politischen Lage das Land verlassen musste und nun in Südtirol wohnte. Nazko studierte Architektur an der Technischen Hochschule in München. Er war eine Hinterlassenschaft von Karens Freundin Eri, die nach Amerika ausgewandert war. Sie sagte, bitte kümmere dich um den Nazko, sonst verhungert er. So passierte es dann, dass Nazko meistens zu den Essenzeiten so ganz zufällig vorbeikam und dann erstaunt feststellte:

„Ach, du isst gerade!" Und dann selbstverständlich eingeladen wurde. Sie besuchten zusammen Konzerte und nachher lud der ‚arme' Student Karen manchmal zur Weißwurst ein. Besonders schön waren die Ausflüge zu den umliegenden Schlössern und Galerien. Nazko war ein Experte in Sachen Malerei und spezialisiert auf die alten Niederländer. Er erklärte Karen, woran man ein besonders gut gemaltes Bild erkennt. Er sagte, wenn man durch den

Schimmer eines Fliegenflügels noch die samtene Haut des Pfirsichs darunter erkennen könne, dann sei es die hohe Kunst der flämischen Schule. Als er sein Examen in der Tasche hatte und München verließ, schenkte er Karen zum Abschied eine alte Vase, die er früher mal selbst getöpfert hatte.

Dann berichtete er ihr, dass er zur Belohnung seines erfolgreich abgeschlossenen Studiums einen alten „Holländer" bei einem großen Auktionshaus ersteigert habe, und zusammen mit dem Bild im besten Restaurant der Stadt gefeiert hätte. Später erfuhr Karen, dass Nazko vielfacher Millionär war, aber leider war er auch sehr geizig. Aber ein interessanter Mann war er auf jeden Fall gewesen.

Mit ihm hätte man die Welt mit Kleingeld erobern müssen.

Die nächste Sitzung beim Psychiater verläuft überraschenderweise ganz anders, als Karen es sich gedacht hat.

Karen schaut ihm tief in die Augen und sagt in schwärmerischem Ton.

„Ich glaube, Sie sind der Einzige, der Verständnis für mich hat, bei Ihnen fühle ich mich wieder wohl und angenommen."

„Ja, das ist mein Beruf, Sie zu unterstützen, wieder Vertrauen zu sich selbst und zu anderen Menschen zu finden. So wie zum Beispiel ein Taxifahrer Sie sicher nach Hause bringt, so will ich Sie auch sicher in ein selbstbestimmtes, zufriedenes Leben zurückbringen."

Karen ist zunächst etwas enttäuscht über sein kühles Statement, aber langsam wächst doch die Hoffnung, dass er ihr wirklich helfen kann.

Dann sagt er plötzlich:

„Ich bin zuversichtlich, dass Sie nun stark genug sind, von Ihrem schlimmen Jugenderlebnis zu erzählen. Damit wir diesem die Macht über Ihre Seele und Gefühle nehmen können und Sie wieder unbeschwerter leben können. Nur Mut!"

Karen traut sich kaum, hat Angst vor der Erinnerung und auch davor, sie einem Fremden zu gestehen. Aber der Psychiater gibt ihr genügend Unterstützung durch gezielte Fragen und aufmunternde Kommentare. So findet sie die Kraft, von ihrem traumatischen Erlebnis mit Erik zu erzählen.

Nach dieser Sitzung ist Karen erstaunt, dass sie sich tatsächlich erleichtert fühlt. Sie spürt eine Art Befreiung. Sie macht sich keine Selbstvorwürfe mehr. Sie hat akzeptiert, dass das Geschehene nicht ungeschehen gemacht werden kann, dass man sich damit abfinden und es schlichtweg akzeptieren muss. Sie hat sich dem

Gespenst gestellt und kann sich endlich davon befreien.

Damit ist sie zwar noch nicht geheilt, aber sie ist auf dem richtigen Weg.

Nur zuhause fällt sie allerdings wieder in ihren alten Trott. Sie kann sich von den Träumen noch nicht losreißen und diesmal träumt sie von Federico.

Federico

Karen begleitete ihre Freundin Rita auf die Seychellen, wo Rita sich ein Ferienhaus einrichtete und Karen mit ihr ein paar Wochen verbringen wollte.

Sie fuhren mit dem Auto bis Calais, bestiegen die Fähre, und dann ging es mit dem Zug bis nach London, wo die beiden sich erst einmal in der damals berühmten Carnegy-Street flippige Ferienkleider kauften. Unter anderem erstand Rita ein geblümtes langes Baumwollkleid mit einem sehr weiten Stufenrock.

Mit dem Flugzeug gings dann über Uganda und Kenia auf die Seychellen. Damals, der Flughafen war gerade eingeweiht worden, war diese Inselgruppe noch nicht so mondän, wie sie dann mit der Zeit wurde. Darum fielen die beiden Blonden auch auf.

Zunächst hieß es, das Haus einzurichten, das einsam an einer bezaubernden Bucht lag. Dafür stand vom Vermieter ein Lager bereit, aus dem die beiden Neuankömmlinge sich das Mobiliar aussuchen konnten. Einige neugierige

Einheimische begleiteten die beiden blonden Fremdlinge.

Nachdem eiserne Bettgestelle, Tische, Stühle etc. ausgesucht waren, halfen die Zaungäste beim Putzen und trugen dann in einer Art Prozession, jeder ein Möbelstück auf dem Kopf, die Einrichtung zum Haus an der Bucht. Es sah großartig aus.

Als das Haus fertig möbliert war, luden die beiden Freundinnen die Crew der Fluggesellschaft, die einen Stopover auf dem Archipel machte, zum Abendessen ein. Die Crew staunte nicht schlecht, als sie für das Essen, das auf Palmenblättern dekoriert war, ihr Board-Besteck entdeckten. Das hatten die beiden bei jeder Mahlzeit während des Fluges klammheimlich eingesteckt.

Es wurde ein fröhliches Fest. Die Gäste saßen am Strand, der Mond schien und bildete in der Bucht eine Lichtstraße, auf die Rita mit ihrem neuen Blümchenkleid zuging. Der Stoff breitet sich um sie herum auf dem Wasser aus. Es war *ein zauberhaftes Bild, und alle waren von dem Anblick hingerissen.*

Karen hatte diese Szene von der Küche, wo sie den Abwasch machte, beobachtet und sich geschworen, nie wieder so blöd zu sein und Hausarbeiten zu machen, wenn es Schöneres zu erleben gibt. Das war für sie ein „Aha"-Erlebnis.

Freundin Rita hatte Karen sehr beeinflusst. Von ihr lernte sie endlich, wie man das Leben genießen kann. Und mit dieser lebenslustigen Rita segelte Karen für ein paar Tage auf die Nachbarinsel Praslin, wo sie sich in einem Strandhotel mit einzelnen Bungalows einmieteten. Rita hatte sich in einen Engländer verliebt. Karen bekam deshalb einen Bungalow für sich allein und war damit ziemlich solo. Sie machte Spaziergänge am Strand entlang und schwamm in der türkisfarbenen Bucht bis zu einem großen Felsen, auf dem sie sich sonnen wollte. Sie genoss die Wärme und den leichten Wind. Auf einmal war sie nicht mehr allein. Federico, ein Freund des Hotelbesitzers, hatte sie beobachtet und war ihr nachgeschwommen.

Er kletterte zu ihr auf den Felsen und zeigte ins Wasser. Um den Felsen herum schwammen und spielten zwei Baby-Haie. Karen bekam einen gehörigen Schrecken. Er tröstete sie und erklärte, da es auf den Seychellen verboten sei mit Harpunen zu jagen, seien die Raubfische auch nicht aggressiv. Aber Angst hatte Karen trotzdem. Da bot sich Federico an, sie sicher zurück an den Strand zu bringen. Sie klammerte sich also auf seinen Rücken, und so ging es Huckepack sicher wieder zurück ans Land.

Ihr Retter Federico war ein Italiener aus Turin. Er war von großer Statur und eher zurückhaltend und scheu, also kein typischer Italiener.

Ihr gemeinsames aufregendes Abenteuer hatte sie beide sozusagen hautnah zusammengebracht. Sie bewunderte ihren Retter und ihn reizte die kühle Blonde aus dem hohen Norden. Er war ganz vernarrt in Karen und zog zu ihr in den Bungalow. Nun war auch Karen nicht mehr allein und beide waren von sich und ihren Empfindungen total überwältigt. Dabei erlebte Federico seine „Götterdämmerung", und das lag an Karens mangelnden italienischen Sprachkenntnissen. Sie flüsterte ihm nach einer wunderschönen, erfüllten Liebesnacht; „Dio mio", ins Ohr, und meinte es wäre ein Kosewort wie „mein Lieber". Noch nie zuvor hatte ihn eine Frau „Mein Gott" genannt. Aber nicht nur deswegen verstanden sie sich, sondern der „matchcode" stimmte zwischen ihnen. Ob nun mit oder ohne „Dio."

Sie machten Wanderungen über die Insel, sie lagen in der Sonne und schwammen viel. Und waren vor allem verliebt.

Bei einem Ausflug zu viert in das berühmte Vallé de May mit den geheimnisvollen Coco-de-mer-Palmen, fanden sie auf dem Waldboden eine riesige grüngelbe, birnenförmige Frucht, die vom Brotfruchtbaum heruntergefallen war. Sie war so groß, dass alle gemeinsam die Frucht anheben mussten, um sie in den Kofferraum des Autos zu laden, dann schleppten sie die schwere Last zum Bungalow. Federico holte ein großes Messer aus der

Hotelküche, und man säbelte die schwere und harte Riesenfrucht auf.

Im Inneren waren viele weiße, schön angeordnete Kerne zu sehen. Nach und nach trat eine weißliche, dicke Flüssigkeit aus, die sie probieren wollten. Mit den Fingern stippten sie vorsichtig in den Saft, beim Hochziehen bildeten sich lange Fäden, die sehr klebrig waren, und die man nicht loswerden konnte. Nach und nach wurden alle kühner und wischten mit den Händen auf der saftigen Oberfläche herum. Übermütig klatschten sie dem Gegenüber in die Hände – die Folge: Es zogen sich immer mehr Fäden kreuz und quer. Karen sang dazu: „Ich kleb an dir und du an mir, wir kleben alle…"

Alle verklebten immer mehr miteinander. Als dann das Spiel langsam langweilig wurde, kam die große Überraschung. Die Klebe ging nicht mehr von den Händen ab.

Sie wollten sich waschen, aber es half weder Wasser noch Seife, die Handtücher wurden klebrig, die Stühle, der Tisch, das Geländer vom Bugalow zum Strand hinunter, alles was man berührte, klebte plötzlich. Selbst das Scheuern mit Sand und Meerwasser brachte keinen Erfolg. Die Vier waren ziemlich verzweifelt.

Die Köche schauten von weitem zu und lachten sich eins. Dann gaben sie den klebrigen Gästen ein paar Tropfen Öl in die Hände und man war befreit. Der Rest der riesigen Frucht wurde in der Küche zu eine Art Pommes Frites verarbeitet und schmeckte allen überaus gut.

Es waren fröhliche, unbeschwerte Tage auf Praslin. Karen war nicht mehr so verkrampft sondern lockerte sich mehr und mehr, ließ endlich ihre Altlasten hinter sich und hatte mit ihrem Federico viel Spaß.

Später besuchte Federico Karen in Hamburg. Das war, als sie gerade Georg kennen gelernt hatte. Federico kam mit ernsthaften Absichten. Er wollte Karen seiner Familie vorstellen und lud sie nach Turin ein. Dazu kam es aber nicht mehr, denn endlich hatte Karen „den Mann"

gefunden, und so sagte sie ihrem Federico,
„Adio, Dio mio!"

Die Gespräche mit ihrem Psychiater zeigen immer mehr Einsichten bei Karen.

Seine Sätze wie:

„Lassen Sie das Anspruchsdenken an sich selbst, sondern lernen Sie, sich selbst wertzuschätzen.

Akzeptieren Sie, was war und machen Sie damit Ihren Frieden, söhnen Sie sich innerlich mit sich aus. Übrigens, warum nehmen Sie die von mir empfohlenen Medikamente nicht ein?"

„Antidepressiva sind doch Drogen. Die will ich nicht einnehmen und davon abhängig werden!"

„Aber Alkohol ist auch eine Droge, von der Sie abhängig werden können, und die hilft überhaupt nicht, sie bringt nur neue Probleme!

Und noch eins: Leben Sie nicht in der Vergangenheit, sondern lernen Sie aus ihr für Ihre Zukunft.

Dann gebe ich Ihnen ein Motto mit auf den Weg. Sie kennen den bekannten Ausspruch: ‚Das Beste ist gerade gut genug für mich!' Drehen Sie den Satz mal um: ‚Für mich ist gut genug - das Beste!' Denken Sie mal darüber nach! Dann werden Sie toleranter und gnädiger mit sich selbst und vielleicht auch mit anderen, und erwarten von sich selbst keine unrealistische utopische Perfektion mehr.“

Nachdem Karen die Praxis verlassen hat, fühlt sie sich fast frühlingshaft beschwingt. Die dunklen Wolken scheinen abgezogen zu sein. Es geht wieder aufwärts, stellt sie fest.

Als sie sich dennoch wieder, allerdings nur mit einer Tasse Kaffee, in ihren Sessel setzt, ist es diesmal anders. Sie erinnert sich, wie alles mit Georg begann.

Georg

Er war damals ein dreißigjähriger strebsamer Patentanwalt mit eigener Kanzlei. Seine Hobbies waren das Sammeln moderner Kunst und vor allem die klassische Musik.

Karen war in den Semesterferien wieder in Hamburg, wo sie eine Volontärstelle in einer Hamburger Tageszeitung innehatte. Auf einer Ausstellung, die sie mit alten Freunden besuchte, lernte sie Georg kennen. Als alle nach der Vernissage zusammen in ein Lokal am Hafen zogen, saß Georg neben ihr. Es wurde ein interessanter Abend und Karen unterhielt sich ausgezeichnet mit der neuen Bekanntschaft. Als er sie später nach Hause bringen wollte, lehnte sie es mit der Bemerkung höflich ab:

„Ich habe mein Auto dabei." Karen ließ ihren neuen Verehrer erst einmal zappeln. Georg klemmte sich hinter die gemeinsamen Freunde und so kam es zu neuen, ständig interessanter werdenden Begegnungen zwischen den Beiden. Was Karen besonders faszinierte, war, dass sie sich so gut über Musik unterhalten

konnten, weil sie beide den gleichen Geschmack hatten.

Da Karen Konzertkritiken für eine Hamburger Tageszeitung schrieb, hatte sie immer Freikarten zur Verfügung. Georg begleitete sie ein paar Mal, und als Gegenleistung lud er sie zu einem Hauskonzert bei sich ein. Sie müsse aber ihr Instrument mitbringen.

Karen war überrascht und neugierig zugleich. Sie fuhr nach Redaktionsschluss in den Hamburger Vorort, wo Georg ganz allein in einem modernen Bungalow wohnte. Mit ihr waren noch drei weitere Musiker anwesend, so dass man Quartette spielen konnte, denn Georg spielte ja kein Instrument. Die Noten wurden auf die Ständer verteilt und es konnte losgehen. So musizierte man, was gerade aufgelegt war. Sie nannten ihr Spielen ‚Musik räubern‘. Es machte allen Spaß und es war Karens Welt.

Außerdem sorgte Georg anschließend für ein kulinarisches Buffet. Beim nächsten Treffen waren nur zwei der Musiker gekommen und man spielte Haydn-Trios. Beim darauffolgenden Termin war nur ein Musiker neben Karen da, gerade noch gut für ein Duo. Beim anschließenden Essen fragte Karen, wie viele denn beim nächsten Mal kommen würden. Alle drei lachten und Georg war ertappt. Tatsächlich waren sie bei der nächsten Verabredung nur zu zweit. Das war von Georg raffiniert eingefädelt.

Karen gab nach und nach ihre Zurückhaltung auf und verlängerte sogar ihr Volontariat, um noch mehr Zeit in Hamburg bei ihrem Georg zu verbringen. Beide zogen zusammen in die Stadtwohnung in Georgs Elternhaus und erlebten eine wunderschöne Zeit des Verliebtseins.

Als Georg von einer Geschäftsreise aus Holland zurückkam, brachte er Karen einen Arm voll Tulpen mit. Karen stellte die Blumen in eine große Glasvase. Die Tulpen waren zunächst noch geschlossen, knirschend frisch und standen steif wie Soldaten in der Vase. Am nächsten Tag zeigten sich die Farben der Blüten und dann nach und nach öffneten sich die Tulpen, und wuchsen in die Höhe und ihre Stiele bogen sich. Karen sagte: „Die Tulpen fangen an zu tanzen."

Georg fand das Bild der tanzenden Tulpen schön. In den nächsten Tagen wurde der Tanz immer skurriler und bewegter. Am sechsten Tag bogen sich die Blütenköpfe bis auf den Tisch, die Blütenblätter wurden durchsichtig und dünn wie Seide, dann fielen sie auf die Tischplatte.

„Ein Sterben in Schönheit", sagte Karen dazu, was Georg gar nicht gefiel und sofort einen neuen Strauß Tulpen besorgte.

Dieser Tulpenstrauß wurde das Sinnbild für Karens Leben. Zuerst erwartungsvoll, dann das Aufblühen und der Tanz bis zum Verblühen.

Georg und Karen verband eine fröhliche und innige Liebe, so dass es niemanden wunderte, als eines Tages ihre Hochzeitsanzeige erschien mit den Worten:

„Wir wollen auf unserer Hochzeit mit Euch anstoßen"

Es wurde ein wunderschönes Fest. Auf dem Hochzeitsfoto strahlte ein überglückliches Paar. Sie lebten zunächst noch in ihrer Stadtwohnung, und nachdem Tochter Gitta geboren war, zogen sie hinaus in den Vorort und bezogen den Bungalow. Ein Jahr später erblickte Rudi das Licht der Welt. Die kleine Familie war komplett.

Allerdings hatte Karen damals ihr Studium aufgegeben, was sie heute sehr bedauert.

Nachdem Karen die vielen Möglichkeiten aus ihrer Vergangenheit in ihrer Phantasie durchgespielt hat, ist sie ziemlich erleichtert und kommt zu dem Schluss, dass sie sich damals doch richtig entschieden hat. Sie war mit Georg früher mal sehr glücklich und denkt jetzt dankbar zurück:

„Schön, dass ich das erleben konnte."

Auch wenn Georg sie jetzt allein gelassen hat, was sie sogar verstehen kann, denn sie will ja nichts und gar nichts mehr von ihm. So waren die gemeinsamen Jahre doch schön. Sie kommt zu dem Schluss, dass ihr Leben doch nicht verpfuscht ist und dass sie sich noch eine Chance geben kann.

Die Gespräche mit ihrem Psychiater haben ihr in den letzten Sitzungen sehr geholfen, dass sie sich mit der momentanen Situation arrangieren kann und langsam zu sich selbst zurückfindet. Sie geht auch wieder aus dem Haus, trifft alte Freunde und macht sogar wieder Einkäufe.

Und anknüpfend an ihre frühere Volontärzeit bei der Hamburger Tageszeitung hat sie sich wieder dort beworben und tatsächlich, nach so langer Zeit und durch die Vermittlung ihrer Freundin Ute, einen freiberuflichen Job als Musikkritikerin bekommen. Der Verdienst wird zwar nur mit Zeilengeld abgerechnet, aber es ist ein Anfang, und dazu eine interessante und befriedigende Beschäftigung. Wie hat es ihr Flötenlehrer damals doch gesagt: ‚Ihr müsst Euch der Musik unterordnen, ihr dienen.' Das tut Karen jetzt zwar auf eine ganz andere Weise, aber mit sehr viel Engagement und Freude. Und ihre Artikel werden gerne gelesen, wie man den Leserbriefen entnehmen kann. So langsam fasst Karen wieder Fuß.

Als sich ihr Geburtstag wieder jährt, lädt sie sogar ein paar gute Freunde ein. Sie geht auf den Wochenmarkt und kauft ein. Nachdem ihr Korb gut gefüllt ist, bleibt sie zögernd an einem Blumenstand stehen und überlegt, ob sie sich ein paar Tulpen kaufen soll.

Sie fragt nach dem Preis, und da es schon gegen Marktende ist, hat sie Glück. Der Händler reicht ihr den gesamten Tulpenrest für ein paar Euro über den Tisch. Karen dankt und freut sich wie schon lange nicht mehr. Sie sagt:

„Woher wissen Sie, dass ich heute Geburtstag habe?"

„Gratulation!" ruft ihr der Händler zu.

Sie geht glückstrahlend davon, an einem Arm den gefüllten Einkaufskorb und den anderen Arm voller Tulpen, die ihr allerdings die Sicht versperren, so dass sie beim Überqueren der Straße das heranfahrende Auto übersieht. Sie wird von dem Wagen erfasst und fliegt in hohem Bogen samt Korb und Blumen über den Kühler. Bremsen quietschen und man hört jemanden aufschreien. Der Fahrer springt aus dem Wagen und sieht eine Frau auf der

Straße liegen, umgeben von vielen bunten Tulpen. Ein Anblick, den er wohl nie vergessen wird.

Menschen drängen sich am Straßenrand, ein Passant ruft per Handy die Ambulanz. Schnell kommt ein Rettungswagen und Karen wird abtransportiert.

Anhang

Ist das das Ende der Geschichte oder gibt es noch eine positivere Variante?

Karen kommt mit einigen Prellungen, Wunden und zwei Knochenbrüchen ins Krankenhaus. In ihrem Einkaufskorb findet man nur eine Geldbörse. So kann man nicht feststellen, wie die Patientin heißt, wie sie versichert ist und wen man benachrichtigen muss.

Nachdem Karen medizinisch versorgt und auf ihr Zimmer gebracht ist, dauert es noch einige Zeit, bis sie ihre Erinnerung wiederfindet.

Als am Nachmittag Karens Geburtstagsgäste kommen, wundern sie sich, dass niemand die Tür öffnet. Sie gehen um das Haus herum, schauen durch die Fenster, aber es scheint niemand zuhause zu sein. Die Freunde machen sich Sorgen und Ute ruft bei Georg an und fragt ihn, ob er nicht noch einen Schlüssel für das Haus habe.

Georg kommt sofort angefahren, schließt das Haus auf, und alle gehen rufend durch die Räume, ohne Erfolg. Es ist, wie früher bei Karen üblich, alles für das Geburtstagsfeier hergerichtet, der Tisch ist festlich gedeckt. Aber vom Geburtstagskind keine Spur.

„Wo kann sie nur sein?" fragt Ute, „sie hat doch nur noch wenig Kontakte." „Ja", meint Georg, „sie hat alle verscheucht, und ich weiß bis heute nicht warum."

Man trennt sich nachdenklich. Am nächsten Tag, als Karen immer noch nicht telefonisch zu erreichen ist, ruft Georg Ute nochmal an. Sie hat die Idee, bei der Polizei nachzufragen. Und tatsächlich erfahren sie dort, dass eine Frau ohne Papiere ins Krankenhaus eingeliefert wurde, auf die die Beschreibung passt.

Sofort machen sich beide auf den Weg ins Krankenhaus und finden dort die übel zugerichtete Gesuchte.

Als Karen die beiden an ihrem Bett stehen sieht, fragt sie nur:

„Und wo sind die Tulpen geblieben, ich hatte doch einen ganzen Arm voll?"

„Die sollst du bekommen, aber erzähl, was ist dir denn passiert?" fragt Georg besorgt.

Karen berichtet, dass sie zum Einkaufen auf dem Markt war und viele Tulpen geschenkt bekommen hat, und dann weiß sie nichts mehr. Den Rest erfahren sie von der Krankenschwester, die gerade ins Zimmer kommt.

Nachdem sich ihr Unglück herumgesprochen hat, bekommt Karen in den nächsten Tagen viel Besuch, sogar ihre Kinder reisen an, was sie ganz besonders rührt. Sie denkt: ‚Also bin ich doch nicht so überflüssig.' Und auch Georg scheint durch den Unfall wachgerüttelt worden zu sein und hat den Wert seiner Familie wiedererkannt.

Nach dieser heftigen und schmerzhaften Erfahrung beginnt für Karen ein neuer Lebensabschnitt. Musste sie erst so einen Schock erleben, um endlich aufzuwachen? Sie nimmt jetzt wieder teil am Geschehen und zeigt Interesse, was um sie herum geschieht, und ist glücklich und zufrieden in ihrem Job bei der Tageszeitung. Manchmal muss man durch ein tiefes Tal gehen, ist ihre Erkenntnis.

Gerry ist eine Abkürzung von Gertrud, also han-
delt es sich um eine Autorin. Sie stammt aus Bre-
men und lebt seit 30 Jahren im Südschwarzwald.
Sie war früher als Produkt-Publicity Beraterin in
der Textilbranche tätig und hat daneben für ein
großes Versandhaus Fernsehspots und Verkaufs-
filme produziert. Nach ihrer Heirat arbeitete sie
für eine Schweizer Sammel-Edition. Später handelte sie mit Webkunst aus Guatemala und stellte
Halsketten aus echten Materialien her. Nun
schreibt sie Geschichten.

Bedanken möchte ich mich bei
Anne Laniado für die fachliche Beratung und bei
Roserie Tillessen für die notwendige Korrektur,
bei Dieter Conrads für das Titelfoto und bei
Joachim Wingerter für die Umschlagsgestaltung.

Zeitfracht Medien GmbH
Ferdinand-Jühlke-Straße 7
99095 Erfurt, Deutschland
produktsicherheit@kolibri360.de